I0564455

LOS OJOS DE MI PADRE

LOS OJOS DE MI PADRE

Isabel Ibáñez de la Calle

www.suburbanoediciones.com | @suburbanocom

A mis papás, Juan y Tere.

"Yo podría hablarte de lo que es estar allá abajo, contigo, en tu aparente muerte, y de lo que es estar aquí arriba, contigo, en mi aparente vida."

Josefina Vicens, *Los años falsos*

***

Sí, es tu muñeco. Es la primera vez que lo nombras así. Ellos no te entienden, así que te ves forzado a decir su nombre. Más fuerte. Más claro. Su nombre. Sientes un dolor en la entrepierna, la garganta inflamada, ganas de ir al baño. Crees que de un momento a otro te dirán, señor, esto es un error, es el hijo de alguien más, este muchacho no es Gerardo Torres Maya, se parece mucho, pero usted se equivocó. Gerardo te hablará por teléfono entonces y te dirá, papá ¿dónde estás? Tú intentarás explicarle que estás en el Servicio Médico Forense reconociéndolo. ¿Qué haces ahí, papá? No sé, hijo, voy a la casa con tu mamá, espéranos para comer.

***

Lorena vestirá jeans oscuros, una camisa blanca abotonada de principio a fin y un foulard color durazno. Tú, pantalones para hacer ejercicio, negros, con rayas a los lados. La chamarra cerrada hasta el cuello. ¿Cuántas veces te dijo Gerardo que la ropa para hacer ejercicio no se lleva a juego desde los noventa? Te sentirás. Sí. Miserable, aunque. Es difícil explicarlo. Ahora. ¿Cómo pudiste verlo así por última vez? Llegarán al Semefo. A las 9:03 de la mañana, en la Colonia Doctores de la Ciudad de México.

Gerardo *Torres Maya Bautista* murió alrededor de las cuatro de la madrugada. En la calle y solo. Su cadáver a un lado del coche. El coche hecho pedazos junto al muro de contención del segundo piso del Periférico Sur. Los peritos declararon que pretendió dar una vuelta a 180 km/h, justo en la salida de Copilco, Eje 10. Según los informes del médico legista, el finado no tuvo conciencia a la hora de morir. Usaron esa palabra. Finado.

Sentada en la sala de espera. Con esa insignificancia. Pequeñez que odias desde hace tiempo. Lorena decidirá no ver el cadáver. Y finalmente tú. Lo harás. Alguien tiene que tomar las riendas. Eso has hecho siempre. O lo pretendes. Te toca reconocer a tu hijo. Sabes que, si no. Esperarás sentado como un perro. Y no quieres ser un perro. Eres un perro con esa imagen. La imagen de él. Exánime. Lo sabes. O no lo sabes. Semefo. La quijada desarticulada de Gerardo. Una. Dos. Casi tres. Casi tres horas de inmovilidad. Casi tres de esto no me está pasando a mí. Mi hijo no.

Señores, sé que este es un momento muy doloroso, pero me gustaría hablar con ustedes sobre la donación de órganos. Recibirás el folleto. Esa señora, con falda a cuadros y medias color carne y mocasines negros y suéter beige y su piel a la que le faltan vitaminas y su falsa compasión. Porque sé que es un momento muy doloroso no es suficiente para el padre que está en el Semefo. Lorena callará mirando hacia el escritorio del mostrador de la sala de espera. Han pasado más de cinco horas para donar el corazón o los pulmones, les asegura la mujer. El riñón suele durar hasta 30 horas. Las córneas en refrigeración doce. Queda poco tiempo, repetirá esa voz de mujer acostumbrada a un trabajo difícil pero rutinario. Señora de la morgue moviendo hacia arriba los lentes de pasta que le tapan la mitad de la cara. Repetirá, de nuevo, que es un momento muy doloroso y que lo siente, que lo sabe. Pero no lo sabe. Se disculpará. Riñones. Hígado. Asentirás con la cabeza. Firmarás el documento que te han entregado. Hasta en el peor momento de la vida hay que hacer las cosas bien. ¿Puede poner su nombre debajo de su firma, la fecha y la hora? Hugo Torres Maya Ramírez. Domingo 23 de abril, 2017. 12:00 horas.

Treinta minutos después, un médico forense saldrá de una puerta que dice sólo personal autorizado, con un fólder verde en la mano derecha, su pijama azul de quirófano y una bata percudida. Se acercará a ti y antes de que puedas decir algo, se disculpará por la demora en los trámites. Dirá lo siento mucho. Explicará. Por el cambio de turno, la camioneta del Semefo tardó en llegar al lugar del accidente, suele ocurrir, sabe. No contestarás. Volverá a decir. Lo siento. Una vez reconocido el cadáver, se procede con los trámites para el acta de defunción. Siento la demora, señor. No contestarás. Sé que es un momento muy difícil. No contestarás. Después de la palabra defunción, el médico solicitará a la recepcionista unas copias con papeletas legales y los teléfonos de los servicios públicos funerarios. No los utilizarás. Al final del día, tu suegro llamará a una casa funeraria con pisos de mármol en el Eje 10, en el Pedregal, en la colonia donde vives. Lo hará con la mano en la frente y los ojos a punto de estallarle, aunque ahora quizá sueña con su nieto sentado en el jardín bebiendo limonada debajo de la jacarandá que tan linda se pone en abril.

El médico mirará su reloj, acomodará su guanga playera azul de quirófano, te solicitará entrar en una oficina aledaña con un escritorio vacío, un archivero azul metal de los años 70 y una silla raída en la que ninguno querrá sentarse.

Señor Torres Maya, el Centro Nacional de Trasplantes no aceptará a su hijo como donante. No dirás nada. Y repetirá lo siento. Medicamente no es un impedimento, pero es parte del protocolo. Verás a Lorena, a través del cristal de la puerta. Sentada. Otra vez pequeña, otra vez inmóvil. Con la bolsa de pertenencias de Gerardo en sus manos. Escucharás decir al médico que no puede hacer más. Te le quedarás viendo fijamente a los ojos y le dirás: tenía 21 años. Gerardo, mi hijo, tenía 21 años. ¿Cómo es posible que sus órganos no sirvan?

El proceso se ha hecho con total apego a la normativa vigente. El problema son los resultados de los análisis preliminares del deceso. ¿Es por los golpes? Contestarás. La escena se te vuelve aún más triste con el último rechazo. El médico sigue. Tiene más que ver con la cantidad de dietilamida de ácido lisérgico que se detectó en el cuerpo, aunado al tiempo que ya ha pasado, por lo que le comentaba de los trámites y el cambio de turno. Dietila qué, preguntarás. LSD, señor, además de alcohol y mariguana. Sentirás tus más de cinco litros de sangre hirviendo hasta la cabeza. Lorena se quedará petrificada al ver que golpeas al médico. Sin que la voluntad pueda hacer que su cerebro dé una orden, dejará caer la bolsa negra con pertenencias de Gerardo que abrazaba minutos antes.

***

No existe entrenamiento para el dolor. Rafael tu hermano sostiene la caja hasta la puerta. Te entrega los restos. Polvo eres y en polvo te convertirás. Terminaste los trámites. Morir. Burocracia. Y personas que no te van a llamar hasta la siguiente muerte. Lorena se adelantó a la casa. Andrea su hermana dormirá con ustedes esta noche. Bajas las escaleras marmoleadas y resbalosas de la funeraria con esa luz entre amarilla y azul apuntando hacia tus manos, con ese frío metálico, ese cosquilleo en los pies. Columnas griegas de mal gusto que parecen las mismas puertas del infierno. Imaginas que tiras todas las cenizas en el piso y las lames con la lengua con tal de que. No las recoja una escoba. Por favor.

Te mantienes firme. Como puedes. Cubres la caja con un trapito de terciopelo negro en un último afán de protección. Por respeto. Quizá. Porque no se sabe qué hacer con una caja de cenizas. ¿Quién puede enseñar tal cosa? Cualquier acción resulta inadecuada. Si uno ríe, o si uno llora de más siendo un dramático y con cara de niño.

El hombre de seguridad en la puerta esquiva tu mirada. Es gordo y lleva un traje mal cortado. El pantalón se le mete entre las nalgas. ¿Cuántas personas cargando a sus muertos habrá visto? Todos estaremos del otro lado alguna vez. Sosteniendo cajas injustas. Cajas que duelen. Tanto que. No sabemos cómo duelen. Haremos cosas raras, inesperadas, con ese dolor.

Apenas la semana pasada. Trabajo duro. Alguna que otra reunión con los socios de tu despacho de abogados. Partidas de golf de cinco horas los sábados y domingos. Ejercitarse para vivir saludable. Conseguir más clientes. No. No mientas. Apenas la semana pasada lloraste tres noches seguidas, borracho, con canciones de José José. Y eso que Gerardo no había muerto todavía. Las últimas a todo volumen. Ya lo pasado, pasado. No me interesa. No. El pasado te interesó desde. Tu condena al vodka. En la madrugada. Solo. En tu oficina. Siempre. Con miedo a que alguien más use la oficina de escondite como tú llevas haciendo durante años. Y que ese alguien te vea tan miserable. Ese alguien es. O era. Gerardo. Y el vodka vertido lentamente en un vasito de cristal cortado. Vaso que tú mismo lavas en el baño antes de irte y guardas en un cajón con llave, sin importar cuanto alcohol corra por tus venas manejas hasta tu casa. Muchas mañanas dudaste y te preocupaba que tu secretaria viera el cadáver de cristal que perteneció a tu abuelo y en el que tanto le gustaba tomar vino. Obviamente. Cada vez. Dijiste solo una. Nunca fue así. Apenas la semana pasada. Te gustaban las cosas a la antigua. Vodka con agua mineral al principio. Luego a secas. Como tu nombre. Hugo. A secas. Una oficina con un escritorio grande, madera de nogal barnizada brillante. Enfrente. Un sillón de dos piezas tapizado color vino con cojines del mismo tono. Nada de oficinas minimalistas donde las jerarquías no existen, llenas de cemento y cables y sillones de colores con videojuegos para distraerse. Los abogados son una especie negada a extinguir las buenas costumbres de madera y de corbatas. En ese sillón te sentaste a llorar hasta moquear. Dormido. Tantas veces. Pétreo. Tantas noches en ese sillón. Llegabas molido a casa. Con la suerte de no haber chocado. Ni una sola vez. Manejar hasta la madre. Una costumbre. Ni una sola vez chocaste. Lorena te seguía el juego del alcohólico recuperado. Ante su familia. Y. Ante ella. Gerardo. Sobre todo. Pero lo sabe. ¿Lo sabe?

Hasta la semana pasada ella pasaba los días haciendo planes para decorar fiestas. Ayudar en el negocio de su hermana Andrea, la mujer-sola, que no falta en las familias de bien. Que soportas menos que a tu esposa. Andrea. Que pasa demasiado tiempo en tu casa. Una de las mejores wedding planners de la ciudad. Cada boda como la suya que nunca fue. Los floreros de tu sala siempre con los restos de esas fiestas. En casa de los Torres Maya Bautista flores siempre. Lorena limpia lo limpio. Compra en el supermercado lo que ya existe en la alacena. Lo que sobra. Sobre todo, velas aromáticas. Tiene cientos en el clóset de blancos y sigue comprando. Siempre según la temporada. Vainilla, canela y pino en el semi cálido invierno defeño. Lavanda en la primavera. Coco y cítricos en el verano. Pumpink, o así lees en la etiqueta, durante el naranja otoño que no existe en la ciudad.

Pero no. Quizá es más interesante y se echa al plato a una amante veinte años más joven. A lo mejor mete sus pequeñas manos entre una camisa abotonada para sentir el pezón turgente de una mujer con el cuerpo delgadísimo, patitas de alfiler que ella envidia desde que se percató de sus pantorrillas gordas a las que les faltan tobillos. No da para tanto. Eso piensas. Lorena te parece aburrudísima. Hasta la semana pasada. Y es que si la vieran se darían cuenta de que no da para tanto. Lorena con sus ojos casi amarillos. Se los heredó a Gerardo. Ojos de gato, le decías cuando se conocieron. Diminutos con el sol. Enormes en la sombra. Gatita callada, dando la sensación de independencia. No. De indiferencia ante lo que detesta. Tu vida ha dejado de importarle desde hace años. Hasta la semana pasada ya no guarda más fuerza para decirte. No bebas más, Hugo. Para vigilarte.

Hasta la semana pasada. Vigilaba a Gerardo, o quizá no. No sabes. Tiene un hijo mayor de edad. Eso le basta. Eso les basta a las mujeres. Tener hijos. Viendo la vida desde proscenio sin dirigirla. Lorena. Piensas. No actúa. Estoy bien, me gusta mi vida, no tienes por qué juzgarme, he hecho lo que se me ha dado la gana, nunca he querido ganar dinero, mi padre me lo hubiera dado todo, incluso sin pedirlo, pero he querido salvaguardar tu dignidad de hombre. No tienes que darme dinero si no quieres, Hugo. Lorena dice esa clase de cosas. No te necesito tanto como crees, Hugo, tengo a Andrea y a mi padre. Pero no creas que me voy a ir y te voy a dejar aquí solo para que disfrutes la vida, voy a quedarme en esta casa hasta que me muera. No es tanto que me importe la sociedad, no quiero fallarle a Gerardo como madre. Si te quieres ir, vete, yo pienso quedarme aquí con mi hijo, con los nietos que vaya a darme.

Lorena no es tan superficial, eso es cierto, pero es un misterio que ya no te interesa descifrar. Ya no sabes ni qué te gustó de ella. En verdad merece la vida que siempre quiso. Un mediano buen corazón resulta suficiente. La vida que uno quiere es necesario inventársela exista o. No.

El pelo castaño. Lorena. Su cuerpecito rechoncho que podría parecer. Una niña vieja. Eso. Una. Niña. Vieja. Eso es Lorena para ti. La semana pasada. Antes de que Gerardo no estuviera entre sus venas. Lorena casi no tiene pechos, o los perdió con el tiempo. No. Recuerdas. Y en todos estos años, a pesar de una evidente alopecia y no pintarse el pelo, todos los días recogió sus canas con dos peinetas pequeñas de carey. ¿Desde cuándo? ¿Serían las mismas o compraría nuevas? ¿Tendrá un cajón lleno de peinetas y velas aromáticas? Hasta la semana pasada. Revisar las cosas de Lorena no era parte de tu agenda. No sabes si son nuevas. No importa. Aunque estás seguro de que ella hurgó hasta el último pelo de gato que pudo adherirse casualmente en tu pantalón. Hace muchos años, cuando descubrió lo que descubrió de tu vida privada. La barriga la obtuvo con el tiempo. La recuerdas embarazada. O ya no. Te gusta meterla con la mayor parte de ropa posible y no. Conoces su vientre.

La única pasión de Lorena. Gerardo. Su hermana. Su madre es mala compañía. Pero. La visita todos los días. Su padre, eterno abastecedor de la mentira. Aprendiste a estar ahí. En cada monótona celebración familiar. Soñando con pedir vodka mientras te servían limonada. En el jardín. No bebes desde hace más de veinte años, piensan ellos. Aunque ella sabe que no y lo esconde. El señor Bautista leyendo con solemnidad las etiquetas de los vinos y sin embargo tú. Pobre diablo con limonada. Jamás se les ocurrió darte otra bebida. Y no hiciste realidad el sueño de llevar una anforita, tomártela en el baño y esconder el aliento vodkiano con montones de mentas en tu boca. Hasta la semana pasada. ¿Con qué pretexto usarías una bolsa de mujer para meter una anforita? Todo hasta la semana pasada.

Los Bautista. Organizaron el funeral de Gerardo de forma intachable. Servicios de té y café, incluido el capuchino con leche deslactosada light, almendra y soya, galletas, valet parking y un librito para que la gente escriba un último mensaje. Andrea cree que le llegarán energéticamente a Gerardo. Dondequiera que esté. Su alma. Andrea y Rafael, tu hermano, creen que está en un lugar mejor. O lo dicen porque hay que decir algo. Su alma nos encontrará otra vez. El mármol blanco. Decorar en madera, como en tu oficina, sería más digno. Seguro hay un estudio de alguna universidad que afirma que los deudos confían más en funerarias minimalistas y frías y están dispuestos a pagar más que por una de madera con chimenea y cigarros. Odias esta funeraria. El paquete incluye dos meseros que llevan cafés en bandejitas de plata. Las personas hablan en susurros. Algunas risas. Mucha gente joven que prefiere reunirse en el patio trasero. Tu soledad se hace presente en este funeral donde eres el padre, el protagonista de la futura soledad. No porque en la caja esté el cadáver de tu hijo de 21 años. La única persona que fue. Por ti. Quizá. Por amor. Luego el crematorio. Luego tú cargando las cenizas y llevándolas a casa. Y solo. El hombre gordo mirándote desde la puerta. Nadie más que él. Gerardo.

***

Una noche primaveral de 2014. Si no mal recuerdas miércoles 19 de marzo. En vez de llorar en tu oficina, regresaste a casa a cenar. Lorena preparaba comida saludable para Gerardo, el atleta que pasaba la mayor parte del tiempo encerrado en su cuarto cuando estaba en casa. Sin embargo, ese día regresó más tarde de lo habitual después de su entrenamiento. La jacaranda del jardín había soltado la mayor parte de sus flores. Duran poco, cada año duran menos las jacarandas, dijo. Lorena le preguntó si todo estaba en orden con las prácticas de Taekwondo. Le preocupaba que Gerardo no cumpliera con su horario, no durmiera suficientes horas. Le molestaba que fallara. Habían dedicado tantos años a madrugar y sacrificar vacaciones por ese deporte. Ella daba su vida por él. Entera. Y por esos trofeos de Taekwondo. En esta casa se termina lo que se empieza. Incluso los vasos de vodka, pensabas tú.

El entrenador nos dio los datos de la competencia de la semana de Pascua, dijo Gerardo para justificar su retraso. Cenó rápido. Agradeció a su madre. Acababas de regalarle el coche cuando cumplió 18 años. Morirá sentado en el asiento del conductor de ese coche azul marino. El lecho mortal se lo regalaste con amor, orgullo y deudas. Tener coche no significa que puedes llegar tarde, argüiste antes de que se parara de la mesa. Después de una discusión sobre quiero me contestes los mensajes al instante porque soy tu madre, acordaron que todos como familia atenderían el celular lo más pronto posible. Y lo harían al chat familiar. Por si las moscas. Moscas oráculo de que algo puede salir mal cuando un joven de bien anda solo por las calles.

Dejó el tenedor al revés en el plato, como su madre le

había enseñado. La señal de que uno puede retirarse de la mesa pidiendo permiso. Pero no se puso de pie. En cambio quiero compartirles una decisión, dijo sin preámbulos, muy serio, solemne. ¿Llevaba semanas planeando ese momento? Los deseos de Gerardo eran órdenes para ustedes dos. Eso hacen los padres modernos ejemplares, seguir las órdenes disfrazadas de deseos de sus hijos. Órdenes enmascaradas en haría todo por ti. Perfectas justificaciones para la desdicha. El amor a un hijo es un tirano que se irá a su debido tiempo. Cuando el esclavo esté preparado para dejarlo ir. Muchos esclavos quieren que sus amos se queden y les justifiquen la existencia. Gerardo les dio su libertad demasiado pronto, pero ustedes no tenían ni la menor idea esa noche.

Casi en un susurro, sin mirarte a los ojos y con algo de vergüenza que aún te cuesta trabajo explicar, —porque eres su padre y debía tenerte confianza—, Gerardo les explicó que había encontrado un diplomado de guion en un centro público. La Escuela de Formación Cinematográfica. Ese era el gran anuncio. Hasta sentiste alivio de que fuera algo tan tonto. Pero para él parecía la conquista de su vida. Su momento de epifanía. Ya había hecho todos los trámites sin consultarles. Es muy difícil entrar, papá. ¿Y la carrera de administración? ¿Y los entrenamientos de Taekwondo? ¿Y cómo vas a hacer todo eso? Quedaron en que lo pensarían. Es demasiado, Gerardo, concluiste, y no quiero que descuides tus estudios ni tu futura carrera. Con eso terminaste la charla. Te sentiste un mal padre, pero no querías pleitos con Lorena, ni mucho peor que al día siguiente te hablara tu suegro que se metía en todo lo que tuviera que ver con su único nieto. Don Pablo Bautista no aprobaría una cosa así y para Lorena, no cumplir las expectativas de su padre era la catástrofe, aunque hubiera conseguido darle lo mejor que podía. Un nieto. Estuvieron de acuerdo en que la mafufada de cine era una improvisación y esperarían que se le pasara. A fin de cuentas, todos tenemos ideas descabelladas en nuestra juventud.

Esa misma noche de 2014, ya en la recámara de los dos. Lorena trajo a colación tu relación extramarital con F. Un hecho que había sucedido más de diez años antes cuando casi se separan y prometieron no volver a tocar el tema si se mantenían juntos. Lorena nunca pidió detalles. Atenerse a las consecuencias de tu gritándole "nunca me arrepentiré de lo que pasó con F" es muy difícil de soportar hasta para alguien que dice hacer todos los holocaustos por amor. Lorena hizo el sacrificio de quedarse contigo, el traicionero, y tener la postura de la víctima y la heroína para siempre. Y sin embargo. Desde hace tiempo sabes que todo puede capitalizarse. En el intercambio del perdón, la moneda que se queda el traicionado termina como arma de manipulación infalible.

La última vez que viste a F fue en agosto de 2001. Jamás recordarías cómo se vistió Lorena. Pero la última vez que viste a F la recuerdas como si tuvieras la pintura colgada en tu armario. La ropa que utilizó, cada palabra que dijo. Sabrá dios por qué Lorena le vio tanta relación a que Gerardo quisiera hacer un diplomado en cine con tu furtiva relación con F. Pero en cierta medida, era raro que le hubiera nacido un enorme deseo por ese mentado diplomado en guion, aunque no tuviera nada que ver con F. Al día siguiente, le proopusiste a Gerardo que, una vez terminada su carrera, podía hacer lo que quisiera. Incluso le ofreciste pagar un curso de verano en Los Ángeles o Nueva York. Las deudas de tus tarjetas de crédito no te daban ni para el boleto de avión, pero se lo ofreciste. ¿Y qué importa? Disuadir es un objetivo justo y no es necesario contar con el dinero en el bolsillo para hacer promesas paternas. Tentaciones son tentaciones. Nada logró convencerlo, Gerardo quería entrar a ese maldito lugar en la Colonia Roma. Y eso hizo el tirano hijo violador de los sueños de su querido abuelo.

***

¿Dónde estaba Gerardo antes de morir, Lorena, de dónde venía? No lo sé. ¿Pues qué no eres su madre? Eso qué tiene que ver, Hugo. Debías saber dónde estaba. ¿Y tú no debías saber, sólo yo? No te estoy echando la culpa, solo se me hace raro que no llores la muerte de tu hijo y no importe saber dónde estaba. ¿Quieres encontrar un culpable, Hugo? ¿Por qué no lloras, Lorena? No hemos depositado las cenizas si quiera, todo es muy reciente, déjame en paz. ¿Por qué no lloras, Lorena? Voy a llamar a Andrea para que se quede esta noche en casa. Andrea es la última persona que quiero ver en este momento, solo quiero que me ayudes a averiguar dónde estaba Gerardo esa noche. No voy a averiguar nada, me vas a matar de tristeza, quiero ver a Andrea. No quiero que Andrea esté aquí, no lo entiendes, ¿acaso no tengo derecho de vivir la muerte de mi hijo sin la presencia de tu hermana? Voy a dormir en el cuarto de la tele esta noche, si no te importa, prefiero estar sola.

***

La construcción triangular recuerda a la santísima trinidad en forma geométrica. Al fondo, una pared amarilla con un círculo blanco en el centro. Perfección. Dios. Padre sin principio ni fin. Alfa y Omega. El lugar donde las almas no. Mueren. Según las palabras de tu madre. Anda, hijito, reza por tu abuelita que está en el cielo. Encima del altar, una corona de espinas abstracta, metálica, pesada. Símbolo de la muerte y el dolor. Recordatorio del sacrificio que se hace por los hijos. Anda, Hugo, agradécele a Jesús que haya muerto por ti. Recordatorio de nuestra resurrección al final de los tiempos. Amén. En el nombre del padre, del hijo, del espíritu santo. Padre. Hijo. ¿Y si te llevaras las cenizas de Gerardo al desierto?

¿Si la pusieras en uno de sus trofeos? Si le dijeras a ese hombre del altar, vestido con su casulla verde que no soportas sus palabras. Está en un lugar mejor, es la voluntad de Dios. Las almas especiales como la de Gerardo no viven mucho tiempo con nosotros. Debemos estar agradecidos por la presencia de Gerardo en nuestras vidas. No tiene idea de lo que está diciendo. Miras tu reloj con frecuencia. Lorena no deja de tomar la mano de su hermana. Señor, te pedimos por el alma de Gerardo, que Dios lo tenga en su santa. Gloria. Preferirías que fuera la misa de. Todos ellos. Tu propia misa. Todas esas caras llorando por ti, la música que contrató tu suegro. Porque Gerardo merece una fiesta al llegar al cielo. Para ti, aunque te repitas que no merecerías ninguna fiesta. Aunque no exista el cielo. Y Gerardo, él, mirando tus cenizas en la Santa Cruz del Pedregal, tus cenizas en esa caja plateada con una cruz en bajo relieve que has puesto junto al tabernáculo. No dejas de mirarla. Gerardo ya no es hueso, es polvo. Polvo corriendo a 180 kilómetros por hora. Polvo con LSD.

No puedes con las imágenes en tu cabeza. No se van. Esas malditas personas que arruinaron tu vida. ¿Es usted familiar de Gerardo Torres Maya Bautista? No le escuchamos, ¿puede decir su nombre más fuerte? Lo sentimos señor, es parte del protocolo del Semefo. Hable más fuerte. Reconozca a su hijo. Mírelo muerto. Mírelo otra vez. La quijada descompuesta. Los moretones. Los labios blancos. La piel de cera. ¿Puedo quedarme más con él? No señor, tenemos que llevárnoslo. ¿Cómo te quitas esa imagen de la cabeza? ¿Cómo te quitas la imagen de tu hijo muerto? No se pueden donar los órganos de su hijo. No se pueden. Recuerdas esas palabras y tu pecho se oprime. Es parte del protocolo. Palabra maldita, protocolo. Híncate. Párate. Siéntate. El réquiem de Mozart a la hora de la comunión. Miras atrás, puedes ver la mancha de vestidos negros, trajes negros, vida negra. El sudor de tus axilas. Deja de pensar en eso, Hugo. Deja de pensar en la quijada desarticulada. Estás llorando muy fuerte y la gente te escucha. Sácate esa imagen de la cabeza. La quijada entre jóvenes a los que las corbatas los hacen ver mayores y ridículos. Ridículos por estar en la misa de su amigo de 21 años. Te pasan pañuelos una y otra vez, quieres beber hasta morirte.

Logras calmarte un poco. Miras a tu alrededor, quizá sí tienes derecho de llorar y que todos se jodan. Lorena no dice ni hace algún gesto de condescendencia ante el marido fracturado por la pérdida. En cambio. Te das cuenta de que Nadia te mira fijamente, está en una esquina, con un pantalón negro, tacones de punta negros y una camisa blanca de botones por la que se transparenta un brasier negro, ella. Nadia. Recuerdas que en algún momento te molestó que la novia de tu hijo tuviera unos pechos enormes que ninguna camisa es capaz de disimular. Si él es tan atlético. Se miran, te sonríe y desvía los ojos color marrón hacia el altar. Saca un Kleenex y se quita un poco del pintalabios rojo que se puso en exceso y que la hace ver. Ridícula. Tiene 20 años y no necesita maquillaje. No es polvo. Tiene el pelo muy lacio y la piel muy blanca. Palidez emergente, enferma, como tuberculosa de siglo XIX. Viste de negro. Está viva.

En el nombre del Padre. Del hijo. Del hijo. Del padre. La santa misa ha terminado. El réquiem también. Prohibiste los discursos de tu suegro porque no querías escuchar que lo llamara campeón y se pusiera de protagonista. Don Pablo Bautista está ahí, perfectamente trajeado, junto a su esposa, que a su vez está junto Andrea, luego Lorena y tú que solo cuentas con Rafael en esta vida y quien no se ha quitado los lentes oscuros de encima. Deben bajar a las criptas. Debes depositar las cenizas en el nicho que el señor Bautista compró para él mismo. Le haces un gesto de bienvenida a Nadia, se pone de pie y camina hacia ti. Lorena la detiene. Sólo familiares.

***

Sales del olor a humedad y lo oscuro de esas piedras que están en los sótanos de las iglesias. Piedra. Buscas a Nadia para disculparte, para preguntarle. Ella tiene que saber. ¿Dónde estaba Gerardo, Nadia? ¿Dónde estuvieron el sábado pasado? Ahí vienen todos hacia ti. La gente se organiza en fila para abrazarte y darte el pésame.

Uno de los compañeros de Gerardo de la preparatoria se acerca, no recuerdas su nombre. No lo mires a los ojos, por favor, no lo mires a los ojos o vas a quebrarte. Ahora vienen los primos de Lorena que no has visto en años. Te ofrecen ayuda incondicional y tocas su hombro. Tú no tienes a nadie, no hay primos, no hay madre, no hay amigos. Ninguna persona ha venido por ti. Solicitaste que no se avisaran los detalles ni del funeral ni de la misa de depósito a ninguna persona de la oficina. Una completa desconocida te abraza y te llama por tu nombre. Lo siento, señor / estamos con ustedes / llámanos para lo que necesites, Hugo / lo siento mucho, Hugo. Otro más. Uno más. Aguanta. Los pelos de tu axila se empapan por el sudor que llega hasta tu saco. Retrocedes antes de que otro chico desconocido se atreva a estrecharte. Te aflojas la corbata negra. Piensas que hueles a sudor rancio. Te preguntan si estás bien. ¿Necesitas aire? Sí. Aire. Rafael. Tu hermano toma tu brazo, hace espacio entre las personas y camina hacia la puerta por el pasillo principal. Miras tus zapatos negros en contraste con el tapete rojo que cubre el suelo. Todo importa, los colores de los momentos que jamás olvidarás.

En la puerta de madera de la iglesia hay una mujer que se te queda mirando. Morena, con blusa amarilla floja, jeans y botas de agujeta. Pelo crespo, despeinado. Nariz de águila. Y esos ojos. Te concentras en ese rostro. Sí, esos ojos, esa actitud. Es como si se posara con cierto cinismo a las afueras del templo. Te mira. Te mira con alguna certeza. Te mira. Un día. Un día serán el polvo. El polvo encerrado en una caja.

***

Martes 25 de abril. Fue la misa de depósito. Me pareció raro que esa mujer estuviera ahí. Mucha gente va a misa a esa hora, Hugo, más allá de los difuntos. No parecía el tipo de persona que va a misa. ¿Cómo sabes los tipos de personas que van a misa si tú no te has parado en la iglesia por años? Al sacar una bolsita del té relax que Gerardo tomaba después de competencias o largas jornadas de entrenamiento, piensas que quizá Lorena tiene razón y gastar tu energía en una desconocida de la iglesia es sólo una manera de distanciarte de lo que. Importa. De qué harás de ahora en adelante. Niegas con la cabeza cuando Lorena te pregunta si quieres algo de cenar. Las chicas del servicio se han ido a su cuarto. Es la primera conversación en paz que mantienen desde el Semefo.

Lorena prende la estufa y con paso muy lento se sienta en el banco al lado de ti en la encimera azul cobalto de la cocina. Miras fijamente la llama también azul que golpea el pedazo de acero inoxidable de la tetera que pronto pitará.

¿Por qué trataste así a Nadia? La pregunta desconcierta a Lorena al punto de pararse del banco con lentitud y caminar hacia la puerta que conduce a las habitaciones principales, olvidarse del agua en llamas y de la amabilidad que había tenido cinco minutos atrás ofreciendo cena. ¿De verdad quieres discutir ahora?, te pregunta. Le respondes que no quieres discutir ni ahora ni nunca más en la vida con ella. Sólo quieres saber por qué no la dejó bajar al depósito de cenizas. Ella no es parte de la familia. Era su novia, Lorena, él la quería, eso debería bastarte. Una novia de juventud y nada más, concluye.

Piensas que no va a tener una novia que no sea de juventud.

Te sientes demasiado cansado como para responder a la tirria que Lorena exuda por Nadia. La única persona que conoce la verdad. Lorena y la frialdad que ha sabido cosechar con los años. Actúa como si supiera que la muerte es una mentira. Ojalá te jugara la broma de su vida. Una broma para hacerte sufrir, para ponerte a prueba, para ver cuánto nos querías. Y Gerardo saldrá de la puerta y te explicarán que todo esto era para ponerte a prueba.

Si Lorena fuera como tú, el colérico tú, o como tú quieres que sea ella, dejaría caer la taza que trae en las manos con todo el té al piso y tendría una escena dramática de padres que lo han perdido todo. Por desesperación. En cámara lenta. Los pedazos brotarían más rápido que sus lágrimas. Te acercarías y la abrazarías arrepentido. Como si fuera un cartón corrugado. Como si con eso pudieses detener un momento la opresión de tu pecho. Entonces dirían juntos: ¿Por qué Gerardo? ¿Por qué él? Y llorarían los dos como los padres que son. Colocarías tu mano en su rizada cabellera corta, castaña, rizada, tan diferente al momento en que la conociste, cuando ella usaba el pelo largo, amarrado en una cola de caballo baja.

Pero no. No se tocan, ni llora, no avienta nada. Lorena se quita las medias negras ahí en la cocina, con el gesto de dureza que ha acentuado con los años. Y mientras lo hace con calma, te dice que no ganarás nada con saber lo que sucedió esa noche.

No me voy a quedar con los brazos cruzados. ¿Tienes el teléfono de Nadia?

Borré todos los teléfonos.

¿Por qué harías algo así?

No quiero saber quién me habla. La gente me manda demasiados mensajes y no quiero decir que estoy bien, tampoco quiero decir que estoy mal, porque no sé cómo estoy. Y no quiero saber nada de nadie. Sabes que han empezado a dolerme los dientes, las encías, por dentro, los huesos. Quiero meterme palillos hasta hacerlas sangrar.

***

En hebreo existe el término *shjol*. Te lo dijo F. Ella en el fondo creía que más que un crimen, como lo llaman algunos cristianos, lo dramático de un aborto es poner un obstáculo a lo que pudo ser. Y eso es mucho peor, Hugo, lo que nunca sabremos, lo que nunca viviremos es mucho peor que las cosas de las que supuestamente podemos arrepentirnos. ¿Pero tú deseas tener este bebé? Si tú lo quieres, respondió F, no estaba en mi agenda ser mamá al corto plazo, pero tampoco quiero perder la oportunidad, no sé cómo explicarlo. Te amo, Hugo, ¿tú no lo quieres?

Una parte de ti también lo quería, otro bebé, quizá una niña, la posibilidad que con Lorena estaba perdida porque para ella el embarazo había sido tortura y decidió ligarse las trompas de Falopio al nacer Gerardo, aduciendo además que no quería verse en la disyuntiva de amar más a un hijo que a otro.

No está bien, no puedo hacerle eso a Gerardo. ¿Y entonces qué le haces todos los fines de semana que te revuelcas en mi cama mientras lo dejas con su mamá? Con Lorena podías pelear hasta la muerte, pero con ella el tiempo era muy corto para discutir. ¿Cuántos niños no crecen con papás divorciados, Hugo? Admite que podríamos formar una familia, tú y yo. Tu familia nunca me aceptaría, F, porque no soy judío, y más allá, no quiero que Gerardo viva lo mismo que yo. No es ni remotamente lo mismo, Hugo. F conocía la historia de mi infancia. Lo que no podía decirle era que Don Pablo Bautista iba a destruirme por dejar a su hija. Solo te lo voy a pedir una vez, Hugo, nunca pensé en decírtelo porque cuando te conocí tú estabas casado y yo lo sabía y nada de esto fue para separarte de tu familia, pero, por favor, quédate conmigo, tengamos este bebé.

F tuvo conciencia, mucho antes que tú, de la condena que te estabas infringiendo al rechazar su propuesta. La que tiene la última palabra eres tú, pero no creo que sea un buen momento para que tengamos un hijo. Entonces vaticinó sin saberlo que todas esas noches de vodka y lágrimas serían por la vida que decidiste no tener. No es el momento, pero quizá en el futuro podamos estar juntos. F reiteró que no habría futuro posible, que la vida cambia, ella tenía que seguir. ¿No te das cuenta? Es el punto de quiebre entre los dos. Buscaría su propio destino lejos de ti. Y entonces la mejor decisión fue no arruinarse la vida como madre soltera y lloró por lo que nunca fue.

Antes de que te fueras de su casa ese día te contó que en hebreo existe el término *shjol* para aquella persona que ha perdido un hijo, en muchos idiomas no existe esa palabra, pero en hebreo sí. Aunque, ¿sabes lo que no creo que exista en ningún idioma? No respondiste. Hugo, ¿me estás escuchando? Sí, perdona, pensaba en eso del *shjol*, en la tristeza que eso representa. Y F siguió. No creo que exista una palabra para aquella persona que nunca tuvo hijos. Esa persona es un hombre y una mujer, punto, replicaste, no necesitas un hijo para ser una persona completa. Lo dices porque tú ya tienes uno. Lo digo porque es la verdad. Pero es como si hubiera un antes y un después, como si a las personas que no tienen hijos les faltara una mitad. Hay personas, mi amor, que abandonan esa mitad, como mi padre, y yo no puedo ser una de ellas, no puedo hacerle eso a mi hijo.

***

Día cuatro. Miércoles 27 de abril. Lorena está acostada en el sillón del cuarto de la tele. La única parte de la casa que no ha cambiado en años desde que se mudaron un 16 de septiembre de 1999.

Entras a tu habitación y prendes la tele. Llevas dos noches en que te aterra el momento en el que se apagan las luces. Como un niño que le pide a su madre que no se vaya. La soledad pesa. Tanto. Sintonizas un documental de la BBC sobre la Antártida y entre esos bloques de hielo recuerdas la carta que le escribiste a F hace 16 años. El amor que siento por mi hijo me obliga a buscar lo mejor para él, perdóname.

Te sentías podrido con las insistencias de Lorena de

mudarse al Pedregal y la interminable hipoteca y los viajes a Acapulco con la familia Bautista y los fines de semana debajo de las jacarandas en la casa de tus suegros. Algo así le decías. El amor que siento por mi hijo me obliga a buscar lo mejor para él. No puedo cambiar las cosas ni mis decisiones del pasado, por más que quiera. Uno no tira por la borda su vida. Así como así. Porque Gerardo tampoco tiene la culpa. Eso escribiste. Y Lorena no me ha hecho nada realmente, F, no puedo hacerle eso. No quiero que Gerardo piense que me voy para hacer otra familia, fue lo último que articulaste cuando F te pidió que te quedaras con ella.

Tendrías otro hijo en este momento. Piensas. Y no sabes si. Eso ayudaría en algo ahora que ya no tienes nada. Te paras de la cama, sales y miras a Lorena con los ojos fijos en la televisión. Con sus arrugas y esos párpados en forma de gota que tanto llamaron tu atención cuando se conocieron. Ahora te parecen la tristeza de un payasito de porcelana que mira hacia el horizonte nostálgico. ¿Y si lo hubieras dejado estudiar cine y si te hubieras olvidado del asunto de la carrera formal? ¿Y si hubieras tenido ese hijo con F?

***

En la cocina. Tomas una taza. Las infusiones de menta, manzanilla y tila no harán efecto y ni siquiera calientas el agua. Subes de nuevo a tu cuarto con la taza en mano vacía porque necesitas un pretexto para haber bajado a no hacer nada. Solo quieres mover la desesperación. La sudadera azul marino a juego con tu pantalón a cuadros rojos de pijama te hacen sentir caliente por primera vez desde que te llamaran del Ministerio Público. Hace demasiado calor. Es primavera. Son casi 30 grados en la noche. Miras tu celular en el buró. Apagado desde la noche del funeral. Hay tantas condolencias. Abres el chat de los *Torres Maya Bautista* y revisas los últimos mensajes del sábado 23 de abril.

Lorena: Gerardo, hay comida mañana en casa de mis papás. 8:21 pm

Gerardo: a que hr?? 8:25 pm

Lorena: A la hora de siempre. Llévale algo a tu abuela, dice que no la quieres como antes. 8:25 pm

Gerardo: Qué le llevo???? 8:26 pm

Lorena: Lo que sea, unas galletas de limón, esas le gustan mucho. 8:26 pm

Gerardo: De dónde las saco???? 8:26 pm

Lorena: Si quieres yo te las compro. 8:27 pm

Gerardo: Gracias, ma. Qué tal la boda?? 8:27 pm

Lorena: Bien, la novia se ve muy linda. Enflacó diez kilos para entrar en el vestido. 8:28 pm

Hugo: Qué vas a hacer hoy en la noche. 8:43 pm

Gerardo: No sé. Lo más seguro cenar con Nadia. 8:52 pm

Lorena: En dónde? 8:52 pm

Gerardo: No sé. 8:54 pm

Lorena: Nos avisas 8:54 pm

Gerardo: Ok 8:55 pm

Yo: Tienes dinero? 9:02 pm

Gerardo: Sí 9:04 pm

Lorena: Gerardo, ya estás en la casa? 12:25 am

Deslizas a la derecha el último mensaje que le envió Lorena a Gerardo. Sólo aparece leído por ti. Nunca lo leyó. No vio su celular a la media noche.

***

Ruedas el picaporte con cuidado para no despertar a Lorena que aún dormita en el cuarto de la tele. Al entrar a la habitación de Gerardo, miras la colcha roja con cojines azul marinos. Intacta. Excesivamente ordenada. Sospechas que las chicas del servicio han dejado todo impecable por órdenes de Lorena. El cerebro se ordena con las líneas rectas, repetía Gerardo haciendo sus prácticas de Tae. Abres el clóset y miras las cosas tan impolutas, como si Gerardo fuera a regresar de un largo viaje. Sientes retortijones en el intestino grueso. Jalas el inodoro del cuarto de Gerardo. Regresas a la cama y hueles una almohada, te posas en ella y sientes que así va a oler todo lo que siga en tu vida. A

LOS OJOS DE MI PADRE | Isabel Ibáñez de la Calle

sábana mojada. Te avergüenzas por. Llorar. Sollozar como un niño. Eres muy dramático, te decía Lorena a solas, cuando terminaste con F y a veces llorabas en la noche. Recargas tu mejilla en la almohada. Y en el buró, Gerardo está en medio de los dos con unos lentes Ray-Ban recién comprados en el aeropuerto de París. Las micas brillantes rosa metálico reflejan al desconocido tomando la foto con su celular. Atrás, la Mezquita Azul que le había gustado más que la Santa Sofía. Tú con una cámara Canon roja colgada del cuello y Lorena un foulard durazno que combina con sus rizos castaños. Quizá todavía debes ese viaje. No sueles pagar las tarjetas de crédito a tiempo. Se te notan las arrugas en la frente y las entradas, tu piel morena y tus dientes uno encima del otro. Piensas que en una de esas has empezado a parecerte a tu padre, aunque es imposible saberlo porque se fue mucho antes de que lo vieras de tu propia edad. Y te percatas de que Gerardo jamás llegará ni remotamente a verse como tú. Un muñeco de 21 años para la eternidad.

Has perdido demasiado pelo ya. Lorena también. Los tres se abrazan y sonríen. Gerardo hace un signo de amor y paz con la mano derecha. Volteas el marco de foto hacia abajo.

Tic tic. Escuchas el ruido de las gotas de agua. No cerraste bien la llave del lavabo. En otro momento lo más fácil sería levantarse, pero ahora ni fuerza tienes para cerrar una llave de agua abierta. Con lo neurótica que ese tipo de cosas ponen a Lorena. Hueles tus manos con olor a cítrico.

No te atreves a meterte a las cobijas, te quedas ahí, acostado un rato. Y desde la cama, miras a la MacBook metálica. Prendes la pequeña lámpara de LED del escritorio, conectas la computadora de Gerardo, la enciendes. No recuerdas haberle comprado una computadora tan grande. Quizá un regalo del abuelo. En la pantalla de inicio, una foto de él en combate. Esa cinta negra, ese peto azul y la guarda que ensancha los labios. Está dando una patada de flexibilidad impecable. Es tu chico de pelo café y ojos amarillos en forma de almendra.

***

A lo lejos se escuchan las típicas cumbias de fiesta que detestas. Las doce en punto. Todos los compromisos tienen un límite, piensas mientras esperan que el valet parking traiga el coche. Uno de los choferes sostiene el paraguas que cubre el enjuto cuerpo de tu esposa encerrado en el poco más de metro y cincuenta centímetros que comienza por sus pies en tacones, ahora empapados con la llegada de las primeras lluvias. Dejas tu saco en el asiento trasero para que no se arrugue. Lorena intercambia sus tacones por unas zapatillas de piso que prometen menos tortura.

¿Por qué a la gente le gusta tanto casarse en Cuernavaca? Es más barato. Respondes como si supieras cuánto cuestan las bodas. No creo que a tu cliente le falte dinero, concluye. Tú mejor que nadie sabes de las propiedades que tiene y de las dos compañías que formó en el último año. Al que le falta dinero es a ti porque estás endeudado hasta mierda y aunque Lorena lo sabe, actúa como si en su cuenta sobraran los ceros. Apenas pasan de las doce. No te importaría regresar a México manejando, ni siquiera está tan lejos y como Blanca no hizo la reservación con tiempo, la habitación del hotel en el que se quedarán sólo tiene vistas al estacionamiento. Blanca, Blanca. Cada vez está peor. Tendrás que hablar con ella, quizá está cansada y tú más. Ya es una señora mayor, son más de 35 años de trabajo. Llegó a tu vida mucho antes que el propio Gerardo. Podrías ofrecerle un buen trato para que se jubile de una vez. Aunque pensándolo bien, no tienes dinero para indemnizarla y Blanca también hace muchas cosas, demasiadas, es eficiente. Sabe más de tu vida laboral que tú mismo y no será fácil encontrar alguien que maneje con discreción tus cuentas, tu agenda, tus llamadas, tus correos. Lorena te dice que prefiere quedarse en el hotel. Es tarde. Mañana desayunamos y nos vamos.

Cuando se case Gerardo, le diré que elija el Centro Histórico, es práctico y nadie tiene que arriesgarse a manejar en carretera por la noche. Ay, Lorena, por favor, sólo tiene 21 años, le faltarán más de diez para siquiera pensar en casarse. Ahí termina la conversación, no hay mucho de qué hablar.

Ninguno de los dos abre la boca cuando llegan al cuarto. Antes de que Lorena termine con sus interminables rutinas de cremas antiarrugas, te has quedado dormido con la satisfacción de haber tomado dos vodkas con agua mineral, muy despacito, sin que nadie se diera cuenta.

Hugo, despierta tu celular está vibrando.

Abres los ojos ante las insistencias de Lorena. Tres llamadas perdidas a las cuatro de la mañana. Número desconocido. Suena otra vez.

¿Es usted familiar de Gerardo Torres Maya?

Soy su papá.

Le hablamos del Ministerio Público.

***

Cien microgramos de LSD son suficientes para que una persona note algún tipo de efecto. Existen muchos foros donde los usuarios comparten sus experiencias en ácido. Jamás te hubieras imaginado que tanta gente colgara sus testimonios con esas substancias en la red. La llaman la droga de la conciencia. ¿Qué no son ilegales? Si no te hubieras ido a esa puta boda en Cuernavaca, si Lorena hubiera querido regresar, si los clásicos cinco minutos tarde. Si Gerardo no hubiera pasado por ahí a las 4:00 de la mañana.

Buscas la información sobre el LSD desde la laptop de Gerardo. Has esperado hasta que Lorena se duerma. Quieres dormir en su cama y hacer tuyo su cuarto. Te sientes en paz. No quieres que las muchachas del servicio toquen las cosas de Gerardo. Piensas cambiar el picaporte del que sólo tú tendrás llave. Antes de dormirte, colocarás una manta en el sillón de tu estudio, desordenada, dejarás la taza de té Chai que te preparaste esta noche en tu escritorio. No quieres preguntas. Necesitas que pienses que dormiste allí. No tienes ganas de compartir la cama con Lorena ni una noche más.

Un par de horas antes, hurgaste en el correo electrónico de Gerardo. El último mail que se intercambió con Nadia, varios meses atrás, tiene un enlace a YouTube con el tráiler de la película de *El luchador* y un mensaje. Esta sí te va a gustar. Es el mismo director que *Black Swan*. Te reenviaste el correo y le escribiste un mensaje a Blanca con el mail de Nadia para que le pida su teléfono de tu parte. Y en una hoja de papel, apuntaste *El luchador, Black Swan*. Revisaste con cuidado las compras de Amazon de Gerardo, las notificaciones de Facebook, una suscripción semanal al newsletter de la revista Cine Premier, todos los correos en la bandeja de entrada de gerardo_torresmayab@gmail.com. Casi todos son promociones. Nunca pensaste que Gerardo dejara todo tan a la mano sin pensar en la seguridad. Quizá porque es una computadora de escritorio y quién se metería en sus cosas.

El email más reciente es una invitación a la apertura de la cafetería de la hermana mayor de Rogelio Villaseñor. Ni siquiera te acordabas de ese nombre. Mejor amigo durante la infancia de Gerardo. El padre del tal Rogelio se había ido un buen día para no regresar. Como tu padre. En eso se parecían tú y el tal Rogelio. Uno de esos niños que parecen adultitos suscribiendo solemnidades. El típico ser que le cae bien a todas las mamás porque es educado al extremo y dice cuarenta veces gracias y por favor. Una de esas amistades que sólo se hacen por la casualidad de las bancas del colegio. Gerardo nunca fue muy bueno para hacer amigos, solo le conocías a Rogelio. Por eso parecía tan buena idea el tema

LOS OJOS DE MI PADRE | Isabel Ibáñez de la Calle

del Taekwondo cuando se le ocurrió a Lorena por influencias de Andrea, a quien le obsesionaba la disciplina pues México ganaba medallas de oro en eso. Además es una manera de socializar, repetía. Como si Andrea supiera algo de niños.

Lorena había destinado a Gerardo a la soledad del hijo único, darle un poco de compañía y entretenimiento al niño sin primos ni hermanos parecía, de nuevo, un acto misericordioso de cualquier padre que se precie. Dijiste sí.

Te gustaba jugar al gran papá cuando Rogelio estaba allí. Sabías que él no contaba con uno. A veces se siente bien que alguien sienta envidia de la familia que formaste. La misma envidia disfrazada de admiración que sentiste al conocer a la familia de Lorena.

***

—Hola Nadia. Soy Hugo Torres Maya, el papá de Gerardo.
—Cómo estás. —También, bien, gracias. —Nadia, te llamo
porque me gustaría reunirme contigo para platicar sobre la noche
en que... —¿Me escuchas? —Discúlpame, se entrecortó, no te
escuché eso último. —No te escucho bien, ¿puedes moverte un
poco a ver si mejora la señal? —Te decía que quiero saber qué
pasó la noche en que Gerardo tuvo el accidente.

—¿No estuvo contigo? Pero si nos dijo que iban a cenar
juntos. —Nadia, no te escucho bien, ¿puedes moverte? Esto
es muy importante. —Así está mejor, gracias. —Necesito
verte lo antes posible, puedo ir a la universidad mañana. Me
urge hablar contigo. —Entiendo Nadia, entonces cuándo

regresas de Guadalajara. —Entiendo, ¿podrías llamarme cuando te sientas mejor? —Te lo agradeceré, me urge. — Hasta luego.

***

¿Cuántos golpes tendrán que darte para morir? Tu padre te golpeó, poco antes de irse. La única vez que tu madre mencionó a tu padre fue cuando se enteró de la homosexualidad de Rafael. Dijo que era culpa del pendejo de tu papá que se había ido y lo había dejado sin figura paterna. Le pidió a Rafael que abandonara la casa. ¿Cuánto tardas en morir si te metes a una caldera hirviendo, como una langosta? ¿Cuánto tardas en morir metiendo la cabeza dentro de una cubeta? Como en la película de *La Naranja Mecánica*. Esa película está en el fólder de descargas de Gerardo. ¿A los cuántos tragos te da una congestión alcohólica? ¿Cuánto tardas en morir si tomas una botella completa de pastillas?

¿Cuánto tardas en morir si te impactas a 180 kilómetros por hora? Google tiene demasiadas respuestas a estas preguntas y ninguna es concluyente.

En el historial de Gerardo: Slashfilm. Collider. Movieweb. Imdb. Rotten Tomatoes. Empire. Variety. MovieUsher. The Hollywood Reporter. Indiewire, Comingsoon.net. Nada de Facebook, Instagram, Twitter. Nada que puedas encontrar con facilidad. Sólo cine. Y la carpeta de películas. Desde hace unas tres noches, dedicas mucho a tiempo a mirar las películas de la carpeta de Gerardo. Es una buena distracción y quieres memorizarlas. Dormir se ha vuelto un asunto complicado últimamente, ¿sabes? ¿Dónde estaba Gerardo si no era con Nadia?

***

Rogelio Villaseñor había vivido toda su vida en Coyoacán, cerca de Francisco Sosa. Concretamente en la calle Dulce Olivia, número 37. En los nuevos tiempos no es necesario recordar una dirección, pero en los primeros años de vida de Gerardo, los navegadores no eran ni remotamente la norma. Frente a la puerta está la misma jacaranda que recuerdas de las veces que regresaste a Rogelio a casa cuando era un niño. El piso es un tapete de pétalos morados que da pena pisar. Amas esas flores. Lo único que te gusta de la ciudad de México y lo único que te hace pensar en que existen estaciones en su monótono clima.

Rogelio sale del zaguán. Es jueves 28 de abril. Apuntaste

la cita en tu agenda. Te parece irreconocible. Nunca había sido un chico atractivo, pero esa especie de suciedad y esa panza de mal gusto para alguien de su edad es. Demasiado. La gente desalineada. La detestas. Te saluda cortésmente y en un impulso que no ves venir, te da un abrazo y puedes sentir las capas de carne fofa pegadas a las tuyas. Sus jeans parecen no haberse lavado en mucho tiempo y su camisa polo negra bastante holgada te parece una innecesaria deferencia de luto. Tú también con tus pantalones de mezclilla oscura, con tu clásica camisa a cuadros azules de los fines de semana, cinturón café y zapatos color tabaco con la agujeta camello y suela beige. Has dejado los trajes de toda la vida para ocasiones menos asfixiantes, pero la ropa de tu armario empieza a saberte vieja, propia de alguien mayor que tú.

Vuelta a la derecha, a la izquierda, así varias veces por los callejones de Coyoacán. Llegan a un mini café con paredes verdes y una inscripción en madera: la Ruta de la Seda. La Santa Sofía le había gustado más a Gerardo que la Mezquita

Azul, ¿o era al revés? No vas a pagar la deuda de ese viaje.

Que se vayan a la mierda.

Ya en la mesa, pides un americano sin azúcar ni leche.

Rogelio ordena un moka con canela y miel de agave. ¿Tienen

pastel de té de verde? Como el mesero le contesta que no, se

conforma con el panqué de plátano y helado de vainilla.

Rogelio, convoqué este café porque sé que fuiste alguien

muy importante para Gerardo. Qué puedo decirle, señor

Torres Maya, estoy muy conmocionado por lo sucedido,

señor. El hecho de que repita dos veces señor acrecienta tu

irritación y no piensas detenerte en deferencias, nada de

este chico te interesa realmente. Rogelio, tú supiste algo

de Gerardo la noche en que murió. Rogelio entrecierra los

ojos, sorprendido de tu pregunta. No señor, Gerardo y yo

no hablamos mucho en los últimos meses, de hecho no

hablamos nada. ¿Llegaste a conocer a Nadia? Poco, señor

Torres Maya, la vi alguna vez en la universidad. ¿Te caía

bien? No está en mí hacer ningún tipo de juicio, señor, era

una chica linda, al menos eso creo. ¿Llegaste a conocer a alguno de los amigos del Gerardo de la universidad? Otra vez Rogelio duda. No creo que haya podido hacer muchos amigos, señor, en un semestre a uno apenas le da tiempo de conocer a uno que otro compañero.

A Gerardo le faltaban poco más de dos semestres para terminar la carrera de Administración, así que no entiendes a qué se refiere con un semestre. Tu respiración se hace profunda, tragas saliva. Te quedas callado, Rogelio come el panqué y con la boca llena empieza una retahíla ridícula, que si separaron mucho al terminar la prepa y ya desde antes, que si el único semestre que estuvo Gerardo en la universidad casi ni se vieron, que sólo se enteraba de que veía películas. Y entonces esa bola de carne empieza a llorar, y te pide perdón, como si tu pudieras perdonarle algo, como si te importara un comino lo que pasó entre los dos.

No sabes quiénes son los amigos actuales de Gerardo. Tuviste que recurrir a alguien de hace quince años. No sabes.

Ahora te vienes enterando que solo estuvo un semestre en la universidad mientras tú pagabas cada mes. ¿Cómo es eso posible? Te pones de pie para sacar la cartera y pagar, hablarás con Blanca sobre las colegiaturas y revisarás los estados de cuenta. No quieres que este idiota se entere de que no sabes nada de Gerardo, y es absurdo que estés sentado ahí, con él. Ha sido una mala idea, Hugo Torres Maya.

Todas las personas siempre han sido unos pendejos que no saben del dolor, pasan su vida siendo unos mediocres que no transforman su vida, como este que tienes enfrente. Te has callado tanto. Empiezas a odiarte a ti, por haber dedicado tu tiempo a una lucha sin sentido. ¿En qué momento te perdiste como todos los demás haciendo negocios estúpidos y adquiriendo deudas? Tú no eras uno de ellos. Pero te compraste esa maldita idea de que uno debe hacer todo por los hijos. Y qué habrías hecho. El niño estaba ahí. Cuando Lorena se hizo madre empezaste a odiarla y ella a ti, quizá. Te preguntas si es que alguna vez la quisiste y no sabes. Uno es un viejo a sus veintitantos años, tomando decisiones para una vida que jamás se tendrá y que ni siquiera se quiso. ¿Acaso no es mejor haber amado a Gerardo todos estos años? No seas tan cruel con él. ¿Por qué no estás agradecido como haría un buen padre? Claramente tampoco era feliz, ni siquiera se atrevía a decirte que quería estudiar cine, que dejó una carrera en un semestre y que te robó dinero durante dos años y medio. Un pobre diablo sin amigos que practicó Taekwondo en recompensa a los sacrificios de su madre. No sabes si te duele la muerte. Lloras el cadáver de un desconocido que llevaba tus genes, un hombre sombra al que solo le entregaste tu existencia financiera.

Le preguntas a Rogelio si puede llegar a su casa solo. También le vendría bien comenzar a caminar para bajar sus calorías. No necesitas tener compasión por nadie. Mil veces malditos todos. Sacas 500 pesos de tu cartera y los avientas en la mesa con desprecio. Quédate con el cambio.

***

Agarra tus cosas y lárgate. ¿Cómo es posible que no te hayas dado cuenta? Carajo, Blanca, si tú eras la encargada de pagar las colegiaturas. ¿Y por qué no me dijiste nada cuando te habló para decirte que le depositaras a esa cuenta? ¿Por qué no me preguntaste? ¿Quién era tu jefe, Gerardo? No me llames don Hugo como si fuera un viejo sin remedio, eres más grande que yo.

Blanca sale llorando. Apenas asomas tu cuerpo fuera de tu despacho, el silencio se hace sepulcral y el ruido de los teclados cesa. Todos te miran. Sales en silencio lentamente viendo a esos cuatro pasantes y un abogado titulado que lleva más de diez años en el mismo puesto. No quieres volver a verlos. Lárguense, malditos mediocres esperando que lleguen las seis de la tarde para irse a hacer sus vidas mediocres. Empleados de mierda. Hijos de su puta madre. Voy a despedirlos a todos. Búsquense alguien más que los mantenga. A ver si vuelven a poner sus pinches caras de lástima cuando me vean. Díganmelo en mi cara, a ver si se atreven. Díganme que soy el idiota máximo que no se dio cuenta de nada. Que no se dio cuenta de que su hijo mentía cada noche al llegar a la casa mientras todos lo creían el ser perfecto. La sangre caliente hace que no puedas respirar bien. Díganme que no saben que duermo aquí varias noches para ponerme borracho. Quieres llorar y gritar. Te contienes con la fuerza del último resabio que te queda de la persona que fuiste antes del domingo pasado y te vas.

***

La tarde del viernes 29 de abril parece una aspiradora de buenos deseos. El calor se intensificó después de los presagios que había traído la lluvia. Lorena salió con sus padres. Así que estás solo, en esa casa de paredes beige y grandes ventanales que dan a un jardín con el pasto intacto y la resbaladilla que alguna vez usara Gerardo. Antes de embutirte cuatro panes de caja sólo con mayonesa y jamón de pavo, le pides a las muchachas que se vayan. Les dices que se tomen vacaciones. Que mañana les depositarás dos semanas completas y que vayan buscando otro trabajo, es más, sin Gerardo su estancia en la casa ya no es necesaria. No se molesten más. No esperen a que regrese la señora.

Pueden irse hoy mismo. Vengan la siguiente semana por su liquidación si prefieren buscar otro trabajo.

En el navegador de tu celular escribes Escuela de Formación Cinematográfica, el navegador marca 50 minutos desde tu casa. Subes a tu coche. Viaducto Miguel Alemán promete tráfico. La colonia Roma es un desfile de coches en batería, semáforos, mesas de café en las banquetas y pretensiones de libertad y vanguardia. Las casas porfirianas no han cambiado tanto, tampoco las ínfulas de los habitantes de la Ciudad de México por seguirle los pasos al mundo occidental bebiendo ideas de cosmopolitismo con leche de almendra.

Pasan de las seis de la tarde y los parquímetros se pagan hasta las ocho. Veinte pesos y listo. La escuela de cine con sus paredes color salmón. La puerta de herrería. El art *nouveau* mexicano de principios del siglo XX. Los balcones encaran la Avenida Álvaro Obregón. Con seguridad, una propiedad que perteneció a una aristócrata familia porfiriana. Pero ahora. Una placa de monumento histórico declara el inmueble como patrimonio de la ciudad. Y tú. Las jardineras. La cafetería y el letrero que dice: Filmoteca. Un árbol viejo en el centro del patio donde algunos estudiantes platican y fuman.

A una parte de tu ser le gustaría subir las escaleras hacia las aulas y sentarse en una de las clases. Ser él sin serlo. Ver alguna película en la filmoteca solo para estudiantes. Podrías entrar a la oficina y fingir que necesitas informes. O confesar que eres el padre de un alumno. El alumno. Ese alumno. El alumno que. Acaba de. Fallecer. Tendrías que usar el verbo fallecer porque morir resulta demasiado prosaico para los oídos sensibles de los empleados administrativos de una escuela. Te da asco el sabor del jamón que acabas de eructar y la cantidad de mayonesa que deglutiste hace unas horas. Miras la entrada con impaciencia. Te sientas en una de las jardineras de cemento. Tus isquiones se quejan después de un rato de vagar en esa superficie. Media hora más o menos. Prendes y apagas el celular con obsesión infantil. Como si alguien fuera a llamarte. Como si alguien. Nada. Un periódico sería de más ayuda, aunque bastante impropio para la edad de las generaciones que acuden a la institución. Camisa azul, pantalones negros, fajado perfecto, zapatos de agujeta, paraguas por si llueve y barba rasurada. Pareces demasiado tú y eso te incomoda. Tocas con tu mano la piel de tu cara y sientes un pequeño pelo, una púa que encuentras siempre en tu barbilla, la maquinilla de rasurar no es capaz de absorberla y te obsesiona tocarla con tu dedo anular. No tienes nada que hacer y no sabes qué haces aquí. Deseas ser testigo de un acontecer diario que nunca se detuvo para nadie más que para ti y del que tú no tenías idea. Pisar todos los lugares en los que pudo estar el Gerardo.

Alguien se acerca. Un blusón amarillo holgado y chamarra de piel se mueven al ritmo del paso firme que despliegan unas enormes botas rojas con agujetas y suela de goma que no combina con el resto del atuendo. Algo en ese cuerpo que pasa por delante de ti te parece familiar. El cuerpo se detiene y te mira. Te pones de pie con rapidez, dejas el teléfono en la jardinera. Es la chica de la iglesia. El sol refleja su gruesa cabellera negra rizada y excesivamente tupida. Antes de que puedas decir algo, la chica se para frente a ti y te pregunta con mucha gentileza si necesitas algo. Nada en concreto, respondes. Estás aquí. Y después añades, no sabía a qué otro lugar ir. Ya no te importa fingir que tienes cosas que hacer porque en realidad tu agenda está completamente vacía.

A Gerardo le gustaba mucho venir aquí y pasaba horas en la filmoteca. No duda ni un minuto en responderte. Sabe que eres su padre. Catalina Sandoval, responde ante tu saludo y tú pronuncias tu nombre completo. Hugo Torres Maya. Te extiende la mano. Sí, era compañera de tu hijo. Lo siento mucho, señor. Gracias por ir a la misa de Gerardo. Sonríe, mira su relojito de pulsera dorado que parece de los años 70. Tengo que ir a clase. Le preguntas si le puedes invitar un café después. Un café como agradecimiento por haber ido a la iglesia. Puedes esperar en la puerta hasta que termine. Sabes que no tienes nada que agradecer, y ella te lo dice, pero por favor. Aunque ese por favor solo está en tu cabeza.

***

Esperas poco menos de dos horas y Catalina sale la primera de clase. Casi nunca transitas la avenida Orizaba en el cruce con Álvaro Obregón. Los árboles han dejado ya las flores hasta el próximo año. Abril está por terminar. Caminas con Catalina hasta llegar al café Toscano, con mesas de madera falsamente desgastada y música de jazz de fondo. La plaza Luis Cabrera tiene la fuente prendida y varios perros ladrando. Incesante ruido de agua. Llamas al mesero y cuando vas a pedir dos americanos, te interrumpe y explica con minucia que desea un expreso cortado, pero sólo con la espuma de la leche. El joven asiente mientras dice sí a otra mesa que le pide la cuenta. Entonces renuncias

LOS OJOS DE MI PADRE | Isabel Ibáñez de la Calle

al americano y ordenas un capuchino con leche entera. No sabes cuántos años han pasado desde que en tu casa no compran leche de vaca, y temes que tu estómago recienta, pero la espuma de leche suena a placer añejo.

Te mira, la estudias, te sonríe, la miras más. Ella, con relativa hermosura. Tú, con falsa altivez. Ella, con el pelo negro rizado. Tú, con tu ralo pelo lacio lleno canas. Ella con las cejas pobladas hasta el centro. Tú, con muchos vellos en los brazos que cubren la parte frontal de la mano. Ella con sus ojos árabes y la nariz de águila. Tú, con los ojos en forma de gota por los que se asoman venas enrojecidas. Ella con los dientes de abajo uno encima de otro. Tú, con los dientes de arriba de la misma manera y el aliento como si hubieras masticado una moneda durante mucho tiempo. Ella, con seguridad, con ese gesto de las personas que han aprendido a trivializarlo todo.

El mesero viene con el café, las servilletas y la cuenta de la mesa contigua. ¿Algo más? Estamos bien, gracias.

El amarillo, dices mientras señalas la blusa de Catalina. En la misa de mi hijo, tú, llevabas una blusa amarilla, igual que hoy. Seguro es esta misma, responde Catalina mientras toma la taza de café con sus dos manos y coloca los codos sobre la mesa. La espuma le ensucia los labios y los relame sin reparo. ¿Tú también estudias el diplomado de cine? Así es. ¿Te gusta? Siempre quise escribir guiones. Espero que no te moleste si te pregunto por qué estabas en la iglesia el día del depósito. Uno de los compañeros puso un post en Facebook. ¿Fueron más personas de la escuela de cine? Me parece que no. ¿Gerardo no tenía muchos amigos aquí? Yo no soy de mucha ayuda porque en realidad, la que no se lleva mucho con los compañeros soy yo. Tengo 32 años, señor Torres Maya, le llevo más de diez años a la mayoría de mis compañeros.

Guardas silencio. Todo en ese maldito café empieza a irritarte. Los ruidos. Las personas que pasean a sus perros. Los sones huastecos de un grupo no tan improvisado para tocar en las calles de la Roma. El mesero. Los terrones de azúcar. Y el maldito amarillo. Catalina se levanta, toma su mochila y te dice que siente mucho la muerte de Gerardo. Sale sin hacer el esfuerzo de pagar la cuenta, camina hacia al parque contiguo y le gritas desde la mesa en la que has dejado un billete de cien pesos recién salido del cajero. Para dónde vas.

Caminan media cuadra y señalas un Audi negro metalizado con vestiduras de piel. No lo sabes, pero la mensualidad de abril es la última que pagarás de este coche. Catalina carga su mochila en un solo hombro y espera a que los seguros se desbloqueen. Le abres la puerta como debe hacerlo un caballero y cuando se sube se le atora la falda con la puerta. Vuelves a abrir, mete su falda y miras sus botas sucias en contraste con los tapetes aspirados. Te subes y observas cómo toca las monedas y los chicles del portavasos, toma uno sin preguntar. Mira su reflejo en el retrovisor, toca el hueso de su nariz.

Me alegra que mi rumbo le quede de paso, comenta al azar, aunque estás casi seguro de que domina que de ir a casa irías hacia el otro lado. Dime Hugo, por favor, háblame de tú. No soy tan viejo como crees. Ella no contesta. A qué te dedicas, Catalina, si me permites preguntarte. Escribo para revistas y en internet. ¿Escribes sobre cine?, justo he estado leyendo algunas páginas que encontré en la computadora de Gerardo. Yo quiero escribir cine, no sobre cine, como Gerardo también quería, responde. Y ante el silencio continúa. Escribo para una revista online que se llama *Contrataca*, es de política, pero mis artículos son más bien teóricos.

Falacias del sistema, mentiras del capitalismo, análisis post marxistas. Esos son los conceptos que logras retener de todo lo que te explica esta mujer que ha terminado en el asiento del copiloto esta tarde. Por un momento, te olvidas de que eres un *shjol* y te concentras en esa chica que te parece un ejemplar estereotípico de la Facultad de Filosofía y Letras de la UNAM, y que ni siquiera terminó su carrera. Acaba de confesártelo. Era de esperarse. Has encontrado algo para despreciarla y el silencio se hace metálico porque ella no se dejará caer tan rápido. De la nada te pregunta. Ha escuchado, perdón, has escuchado las instrucciones para darle cuerda a un reloj de Cortázar. Niegas con la cabeza. Pero ella simplemente sigue como si le diera horror estar callada o peor aún, como si fuera su oportunidad para darle una lección al ser humano que tanto odia. Como si nada en el mundo sucediera excepto ella, como si todo siguiera un curso temporal que para ti ha terminado. Empieza a recitar con una voz que usaría un actor de cine clásico mexicano.

"Te regalan la necesidad de darle cuerda todos los días, la obligación de darle cuerda para que siga siendo un reloj". Se detiene un momento. No recuerdo totalmente la cita, pero así termina: "No te regalan un reloj, tú eres el regalado, a ti te ofrecen para el cumpleaños del reloj." ¿Te gusta? Respondes sí, es interesante. Esas son las mentiras del capitalismo. No tienes idea a dónde quiere ir y sin embargo.

F. Ella hubiera podido citar algo así, en esos paseos de la playa Mermejita. Esa mañana de 1999, con las enormes olas de Mazunte. Con su sombrero blanco de ala anchísima, porque F no soportaba el sol, por eso salían a las ocho de la mañana. Por eso volvían a salir hasta las seis a comer pizza recién hecha y ver la película del cineclub nocturno. En Mazunte había un cineclub todas las noches. ¿Sería por eso que Lorena le vio relación al amor por el cine a Gerardo con lo sucedido con F? Pero cómo pudo saber Lorena que en las noches de Mazunte había un cineclub. ¿Pudo Lorena leer esas cartas?

¿Te puedo preguntar una cosa? Asientes soltando un poco de aire por tu nariz, las dos manos al volante, el frío del aire acondicionado tocando tus mejillas. ¿Por qué querías que Gerardo estudiara administración? Como si una descarga eléctrica entrara por tu corazón, la garganta se te cierra. El capitalismo y las cuerdas de los relojes y las olas de Mermejita son. La nada. ¿A qué viene todo eso? Todo lo que pudiste vivir se acabó. Todo lo que pudiste hablar es una mentira. Ningún recuerdo, Hugo, nada ha valido la pena. No contestas. ¿Cómo pudo saber esta Catalina que tú querías eso de Gerardo? Y cuando se lo preguntas, ella responde que Gerardo se los contó alguna vez, que para ti era muy importante que él hiciera administración. Ahora te das cuenta de que Gerardo nunca te entendió y tampoco se lo pediste. Tan desconocido era uno para el otro y. Viceversa infinita. Cuando le dices que ella no podría entenderlo con un tono bastante irritado, notas que has cerrado la oportunidad de preguntarle, cómo y por qué Gerardo les contó ese detalle. Pero no puedes hablar. Y lo único que se te ocurre, antes de que ella mencione que puedes dejarla en la siguiente esquina, es si de casualidad sabe si Gerardo llegó a escribir alguna película.

Hacíamos pruebas, pequeñas historias, ejercicios de clase nada más. ¿Sabes si hay alguna tarea de Gerardo, algo que pueda ver? Puedo preguntar a los profesores. Catalina, eso de Cortázar, de las mentiras del capitalismo. ¿Tiene que ver con las drogas? ¿Qué drogas? Como los hippies. ¿Lo dice por mi falda? No, claro que no. Catalina toma tu antebrazo y sientes el calor. Su mano. Se baja del coche con un lo siento.

***

Todo por él. Cada mañana. Cada tarde. Cada mañana. Cada minuto de tu vida. ¿Dónde estaba Lorena? Limpia la saliva que te escurre por la boca y los mocos. La sangre sí. Te hierve. Te sientes la mierda sobre la mierda. No merecías un hijo. ¿Cuántas veces quisiste irte con F? No puedo ser como mi papá, ¿no lo entiendes? No sabes si le dijiste eso, o si quisieras habérselo dicho. Tú nunca fuiste como tu papá, tu eres una mucho peor porque no sabes nada de tu propio hijo y lo tenías al lado. Al menos tu padre tuvo el coraje de irse y hacer su vida sin mirar atrás. Limpia tus mocos. Deja de pensar que lo hiciste por amor. El amor no tiene nada que ver con las decisiones de alguien como tú. Lo hiciste por ti. Por tu trabajo, por tu casa, y por todas esas cosas que importan mucho más que el amor.

***

Mañana se cumple una semana del sábado 23 de abril en la noche. Rafael saca un libro de su morral y lo extiende, lo dejas en la mesa de la cocina que tiene algunos platos sucios en el fregadero. Prefieres ir a la sala, agarras un vino de la cava que construiste junto al antecomedor y dos pequeños vasos rojos. Rafael no pregunta sobre si beberás alcohol o no. Ya no te importa que te vean. Mientras sirves el vino le cuentas a Rafael que hace rato te acordaste de algo que te contó tu madre hace mucho tiempo. En el velorio de la abuela escuchó que alguien la criticaba por estar riendo. Hoy me sentí así, mientras platicaba con una chica, compañera de Gerardo de la escuela de cine. ¿A qué fuiste a la escuela de cine? Te aventuras con la respuesta más lógica. Hacer trámites. Pero lo que quieres decirle a Rafael es que te sientes mal porque te sentiste bien y hubo un momento que lo olvidaste.

Nadie entiende lo que estás pasando, hermano, todo lo que te haga sentido para estar bien, es válido. No creo que debas sentirte mal, ahora estás en el inicio del duelo y debes sanar poco a poco. ¿Eso dice tu libro tibetano de la vida y la muerte?, cuestionas sus frases hechas. Te va a ayudar, Hugo. ¿Cuándo regresas a Valle?, le respondes. Pienso quedarme cerca de ti. Le dices que no es necesario y que no es realmente lo que quieres.

Rafael Torres Maya llevaba varios años vestido de blanco, haciendo Kundalini Yoga y sembrando productos orgánicos para la compañía de su actual pareja. No era el primer intento que hacía de irse de la ciudad. Se había inscrito en una asociación contra el maíz transgénico y velaba por los derechos de los animales. El sol le había carcomido la cara desde su primer intento de escape a Zipolite. Ahora vivía enfocado en el aquí y el ahora y todas esas pendejadas según tu propio criterio. Sus obsesiones con el pasado de tu padre habían quedado atrás porque solo importaba el presente. Por fin atrás. Rafael se queda callado un momento y hace un gesto de comprender.

¿De dónde crees que le vino el amor por el cine a Gerardo? A la gente joven le gusta al cine, contesta rápido, como si lo supiera todo de antemano. Pero tú sigues, porque de cualquier lugar podría venir una respuesta. A todos nos gusta, Rafa, pero no para querer convertirnos en los que escriben las películas. ¿Sabías que Gerardo veía muchas películas antiguas? Gerardo era un chico sensible, Hugo, estaba construyendo un mundo personal, eso es bueno. ¿Por qué siempre tenía respuestas tan satisfactorias y vacías? Cómo iba a ser bueno que no supiéramos que amaba tanto el cine.

Rafael toma vino, es obvio que no sabe qué decir. Se te entrecorta la voz cuando confiesas que ni siquiera sabes dónde estaba el sábado en la noche que murió, que no sabes nada de los otros sábados tampoco. No le des tanta importancia, atina por fin, piensa en mí, ¿cuánto tiempo tardó mi mamá en darse cuenta? Los padres son muchas veces los últimos en. Rafael se interrumpe y finalmente decide rechazar el vino. Mira Hugo, no importa, eso ya pasó, tienes que dejar el pasado, agradecer la presencia de Gerardo en tu vida. Un día sabrás que todo es por algo.

No. Las personas que piensan que las cosas son por algo no pueden entender la verdad de lo gratuito.

***

Estás en el piso 10, has llegado con un poco de anticipación a la dirección que te dio Nadia. Buscas el departamento 1005. Al fondo del pasillo, a unos veinte pasos de ti, miras un ventanal desde el que puedes ver gran parte de esa ciudad. Naciste ahí, y tu madre, y Lorena, y tu abuelo paterno, y, él, Gerardo también nació allí, en el Hospital ABC de Observatorio. Y tu padre, si nació en la Huasteca o ya en la ciudad. Si finalmente se fue para buscar su destino. Si una vez cuando eras niño te pegó. Si todo era su culpa, como decía tu madre.

Dicen que tu padre se fue un tiempo a Huejutla. Ahí lo vieron por última vez quienes dicen que lo vieron. Pinche pueblillo bicicletero, Hugo, ¿sabes que por ahí pasaban dos ríos que hoy están completamente secos?, es una tristeza nuestro México, te dijo Rafael después de visitar aquella zona. Jamás fuiste a la Huasteca y jamás irás. A ti no te interesó seguir las huellas de tu padre que pudo haberse podrido en algún lugar del mundo o frente a tu propia casa. Tú eres de los que miran al frente. Seguir *palante*. ¿Qué vas a ir hacer a Huejutla? Se lo advertiste a Rafael cuando empezó con sus constelaciones familiares, el tarot y las lecturas de los registros akáshikos.

Hugo, deberías aceptar que ahí están nuestros ancestros verdaderos. ¿Ancestros porque alguien de ese pueblo puso un espermatozoide, alguien que en nuestra vida hemos visto, que no tiene nada que ver con nosotros? No hay nada que sanar, Rafael, nuestro papá es un buen hijo de puta y punto. Aceptar eso es sanarlo.

¿Quién iba a decírtelo, Hugo? Despreciaste a Rafael por hurgar en el pasado de las cosas que no sabía y ahora tú. El mejor evaluado en el examen de derecho al final de la carrera. El que le pidió a Lorena, aquella noche en que Gerardo les anuncio quiero entrar a la escuela de cine, que se olvidara del asunto de F porque todo eso había quedado atrás y porque lo que no se puede cambiar, es mejor olvidarlo. ¿No era como lo decías? Dejar atrás. En un tris tras se olvida el pasado, Lorena, si uno se lo propone. Uno puede hacer lo que sea con sólo proponérselo. Sí, a este hombre frente a la puerta de la novia de su hijo muerto, ahora le importa muchísimo el pasado, en ese pasillo sobre el que se siente mucho más frío del que refleja el sol afuera.

Interlomas es de esas partes de la ciudad que a las que nunca te mudarías. El problema es que no tienen un mínimo sentido de la estética y la tradición arquitectónica de la ciudad. Una frase que muy bien pudiste decir en una de las comidas dominicales después de servirte más limonada y seguir discutiendo sobre cómo, por desgracia, las cosas van de mal en peor en toda esta ciudad muy mal planeada, insegura, con un tráfico insufrible.

¿Qué diría tu abuelo Ginebro de esos bloques de cemento? Cajas de galletas con ventanas. Leíste esa frase en una entrevista que le hicieran poco antes de morir, cuando sentenciaba sobre la nueva arquitectura de la ciudad. Ustedes no, ustedes los del sur son diferentes. Tú eres de Coyoacán y los Bautista fueron de las primeras familias en llegar al Pedregal, cuando los sueños de Luis Barragán aún se mantenían vivos y las mansiones no exhibían sus enormes bardas de piedra volcánica, para evitar los robos a casa-habitación. Así decían los noticieros: casa-habitación, y las inmobiliarias, casa-habitación, y las escrituras: casa-habitación.

Ginebro Torres Maya. Un digno discípulo de Barragán al que, por más que te hubiera gustado y por más que supieras los pormenores de su obra, nunca conociste. ¿Será por él que don Pablo Bautista estuvo tan dispuesto a aceptarte en su familia? ¿O de verdad Lorena se habrá empeñado mucho, mucho, con la promesa de un día será el gran abogado?

¿Qué eres de Ginebro Torres Maya? Te preguntó antes

incluso de que tú mismo le dijeras: mucho gusto, señor Bautista. Aquella ocasión en el año 1989, cuando viste por primera vez a ese hombre, tu suegro, que ya desde entonces usaba boina, sin un solo pelo en su cabeza. Mi abuelo, aseguraste rezándole a todos los dioses que no te preguntaran nada más. Habrías tenido que explicar, ahí frente a los padres de la niña rica que intentabas conquistar, que nunca le viste la cara, que tu padre había sido un ingrato, un hombre que teniendo dos hijos propios se fue por un déjenme en paz. Habrías tenido que explicar que lo hizo porque él no era hijo biológico de Ginebro, un hijo biológico de Ginebro jamás hubiera hecho algo así. Eso lo hace alguien que echa a la mierda las oportunidades que la vida le da, por amor de dios, no el hijo de Ginebro. De huastequeño cualquiera a hijo de arquitecto en la capital. Y todo para irse al basurero. Y entonces quizá don Pablo Bautista señalaría: entonces tú no eres nieto biológico de Ginebro. Pero llevo su apellido y soy un digno nieto porque yo estudié derecho en la UNAM y no estudié arquitectura porque no se me dan las matemáticas, pero de haber podido, ahí hubiera estado yo, en esa facultad, construyendo casas en el Pedregal. Sí, señor Bautista, es verdad que mi padre no estudió ninguna carrera. Es verdad que a sus diecinueve años embarazó a la secretaría de Torres Maya Arquitectos. Usted conoce ese despacho, ¿no es cierto? Quiso que le diseñaran su casa, pero no le alcanzó. A don Pablo Bautista no le alcanzó el dinero. Imagínese usted lo que cobran esos arquitectos si a alguien como usted no le alcanza. Una mujer nueve años mayor que él, sí, señor Bautista, esa secretaria se embarazó de mí. Fue mi madre. Normal, la gente joven comete errores. A todos les pasa eso, si tampoco hay que rasgarnos las vestiduras. Eran los años 60, ya había píldoras y libertad sexual. Pero mi mamá se embarazó. Capaz pensó que ya se le estaba yendo el tren, con 28 años. Pero no. Vamos, eso no, eso jamás lo haría el hijo legítimo de don Ginebro Torres Maya. Y luego eso de irse, así nomás, dejando a dos niños pequeños y una esposa. En la pobreza nos dejó. A los tres.

La casa de los vecinos es una de mis favoritas, aseguró don Pablo en cuanto respondiste que Ginebro era tu abuelo. Utilizó la piedra volcánica de forma magistral, se rumorea que eso dijo Barragán cuando la vio. Lo bien que se ha de haber sentido tu abuelo, Hugo, imagínate Barragán diciendo que hizo algo magistral. No lo sabía, señor, pero me encantaría ver esa casa. Y tenerla, pensaste. Y la tuviste algunos años más adelante con una hipoteca imposible que no has terminado de pagar.

Después de la comida te fuiste sin ver la casa del vecino dando las gracias tres veces seguidas. Lorena quizá lo puso al tanto en cuanto cerraste la puerta. Papito, Hugo no conoce a su papá ni a su abuelo, es mejor no mencionarle ese tema, por favor sé discreto. Nunca quiere hablar de eso, ¿me lo prometes que no le dirás nada? Sí, seguro Lorena le contó eso y por eso don Pablo Bautista jamás te volvió a mencionar ni a Ginebro ni a tu padre ni a tu hermano gay ni a tu madre, una vieja que al final de sus días olía a sopa de verduras agria y que nunca cambió un solo mueble de su casa. Ni uno solo. O quizá Lorena no le dijo nada a su papá y Ginebro Torres Maya no era tan importante para don Pablo Bautista y sus dos imprentas, de las que salía el *Excelsior* y un montón de revistuchas vaqueras con las que hizo una fortuna. ¿Cuántas veces se jactó de poder ver las noticias antes que nadie? A pesar de que el viejo no leía ni los letreros de las calles.

Tu madre murió cuando Lorena estaba embarazada de Gerardo. Y fue justo cuando sacaste todas las cosas del departamento de la calle de Malintzin número 21, en Coyoacán, poco después de tu cumpleaños 33, en 1998. Te enteraste de que, todos los meses, durante años. Años. Tu madre cobró un cheque proveniente de ese despacho de arquitectos que tú conocías de los enormes *coffe table books* llenos de fotos impresas en papel brillante grueso que adornan las mesas de las salas. Un cheque para llenar el refrigerador, pagar la luz, teléfono, agua, gas y mantenimiento. Quizá hasta gasolina y el sueldo de la señora de limpieza. Sí, de la pobreza pasaron a tener señora de la limpieza una vez por semana. ¿Nunca te preguntaste cómo era eso posible?

***

México Distrito Federal, a 10 de febrero de 1972

Estimada Celia:

Espero que te encuentres muy bien. Me apena que estén a punto de correrlos de su residencia y la precariedad en la que viven. También me apena que las autoridades no hayan servido para encontrar el paradero de mi hijo. Tengo conocidos en el Poder de la Judicatura Federal, que a su vez tienen contactos en el Poder Judicial del Distrito Federal y quizá se logre algo por ese medio. Necesito que me proporciones una foto reciente de Genaro cuanto antes.

La próxima semana necesito que te presentes en la Notaría Número 8 en la Colonia Condesa a firmar el acta de propiedad de un inmueble que les proporcionaré. Ahí mismo puedes darme la fotografía. Un inmueble estará a tu nombre y los otros dos a nombre de mis nietos, en ese momento también haremos un testamento en el que dejarás a tus hijos como únicos herederos de tu propiedad. Dos de esas tres propiedades estarán en renta y será con lo que te mantengas, yo te mandaré el cheque, me encargaré de encontrar los inquilinos y los demás pormenores, tú te encargarás de educar a mis nietos para bien.

Uno de los cheques que encontrarás acompañando este mensaje es para que puedas pagar las deudas de renta, salir de la casa en la que se encuentran ahora y comprar muebles a tu gusto y todo lo necesario para el departamento número 305 ubicado en la calle de Malintzin número 21 en la colonia Del Carmen Coyoacán. Este cheque es el de la cantidad más pequeña.

Te solicito de la manera más atenta que no menciones ninguna palabra de esto a nadie y te pido que ese día, cuando nos veamos en la notaría, no hablemos de ninguno de estos asuntos en la presencia del notario, él sabe la información que necesita y la manejará de forma discreta.

Por otro lado, el director del colegio Simón Bolívar del Pedregal está al tanto de que irás el siguiente lunes a primera hora (para él primera hora son las 7:00 de la mañana) a inscribir a los chicos para el siguiente ciclo escolar. No tendrás que hacerte cargo de las colegiaturas, ni del monto de la reinscripción. Si puedes hacer una llamada telefónica previamente para saber qué papeles te requerirán, te lo agradeceré, yo no tengo dicha información.

Una vez que terminen su educación básica, exhórtalos a que estudien en la UNAM arquitectura, derecho, medicina o ingeniería. Con eso tendrán un buen futuro.

Cualquier cosa para la que necesites contactarme, puedes hacerlo en los teléfonos y la dirección que encontrarás al final de esta carta. Si llegaras a llamar, pide por Margarita Leñero, mi secretaria, ella sabrá qué hacer. Aunque justo para evitar esa situación es que te dejo un segundo cheque que encontrarás en este sobre. Guarda ese dinero para emergencias.

Te pido que hagas una llamada para confirmar esta información a Margarita.

Un saludo cordial.,

Arq. Ginebro Torres Maya

Torres Maya Arquitectos

Tel. 648 1526

Porfirio Díaz 100, 5 piso

Colonia Noche Buena, CP 03720.

México Distrito Federal, México

***

Así que Ginebro había comprado el departamento de dos recámaras, con pisos y techos de madera en la estancia, una cocina y un pequeño cuarto de servicio. No lo podías creer cuando llegaste, con camas nuevas y hasta dos escritorios para cada uno. Por un momento, pensaste que tu padre se había ido para planear todo eso, para sacarlos de la Unidad Independencia donde vivían sin un peso. Adiós a los llantos de tu madre en el teléfono. Pues qué crees, que puedo salirme así nomás a buscar un trabajo, si no tengo ni una carta de recomendación y quién me va a cuidar a los niños. Gimoteaba tu madre con quién sabe quién. En Torres Maya Arquitectos no me dieron recomendaciones por embarazarme sin estar casada y más que Genaro era el hijo del patrón, y con quién quieres que deje a los niños. Así, todas las tardes al teléfono con quién sabe quién.

Cuando se mudaron a Coyoacán, no sólo tu mamá dejó de llorar, sino que jamás volvió a mencionar a tu padre hasta el momento en que se enteró que Rafael era gay y de ahí todo empezó a ser culpa de nuestro padre. Para ti la ecuación era sencilla y nunca debió romperse el pacto: no se hable más del asunto y listo.

¿Hugo, cuándo regresa mi papá? Preguntaba Rafael de niño todos los días, durante semanas enteras. No lo sé, Rafa. De un momento a otro Rafael se calló o se cansó o entendió lo que todos saben y no se atreven a decir. Nunca más su nombre.

***

Si el bebé es niño, le pondremos Ginebro, le dijiste a Lorena después de leer esa carta que tu madre no tiró y por la que te enteraste de que estabas tan en deuda con tu abuelo. Estás loco, ese nombre es horrible y me importa un bledo que sea la tradición de los Torres Maya, tú ni siquiera los conoces. En medio de toda una discusión que antecedería a todas las que siguieron tras el nacimiento del niño, conseguiste que las siglas de tu hijo fueran GTM. Como quizá debieron ser las tuyas si tu padre no se hubiera negado, si no se hubiera empeñado en buscar un nombre que no empezara con G. Un nombre que a ti te parece poca cosa, demasiado sencillo y trivial, poco recordable. Hugo. Para cambiar el destino, quizá. Porque nombre es destino, dicen los romanos. De última hora, ¿por qué no? Me lo prometiste, Hugo, dijimos que se llamaría Pablo. Al siguiente le ponemos Pablo, te lo prometo. ¿Y si es niña? Paula, se puede llamar Paula. Lorena aceptó, aunque no quisiera más hijos. Don Pablo Bautista no tuvo más nietos. De sus dos hijas, sólo una se casó. Sólo una tuvo un hijo. Y ese hijo está muerto.

***

No existe entrenamiento para el dolor. Tus pensamientos se detienen en lo pegajosa que se siente la duela del departamento de Nadia. Es lo primero que sientes al entrar. No han limpiado los vidrios desde hace tiempo. El color azulado de las paredes te parece patético. En la mesa de cristal para cuatro personas todavía se ven los restos del desayuno: una caja roja de cereal, un plato de plástico verde con lunares de colores que aún mantiene un poco de leche y, al lado, una botella de vodka Smirnoff con un poco menos de la mitad. Hogar de paso. Casas en las que nadie ha de vivir por mucho tiempo. Con un poster de *Los Girasoles* de Van Gogh enmarcado, un sillón de vinipiel crema, acolchado, raído del lado derecho. Párale de contar. No hay mesa de centro en la sala, sólo cojines morados y rojos y una mesita plegable en la que persiste un vaso con un líquido transparente a la mitad y una bolsa de papas fritas arrugada. Huele a un cuarto en el que han dormido muchas personas y no se ha ventilado en semanas. Olor a almohada, diría tu madre. Olor a cama y humedad, como las fundas de Mazunte, sobre las que F se rio tantas veces. ¿Qué no lavarán estas sábanas nunca? Se quejó al acostarse la primera noche. En ese entonces no había hoteles en Mazunte y su cabaña y la humedad eran una misma. Los mosquitos y la vereda verde.

Nadia se disculpa por el desorden. Se ha puesto un pantalón guango rosa con una sudadera de rayas negras y blancas. Una cola de caballo baja sin cepillar. También se disculpa por sus fachas. Y se disculpa por el montón de ropa en la esquina, que probablemente estuvo desperdigada y que al escuchar el timbre no tuvo más remedio que aglutinar en ese rincón. Sus ojos parecen los de un perro triste. Si te pidieran definirla así es como lo harías. Perro triste. Y es obvio que no se ha bañado, que en la noche estuvo bebiendo, que quizá está mal por la muerte de tu hijo. O no, así es ella, una dejada y Lorena tenía razón al decir que Gerardo merecía algo mejor. Es obvio. No es parte de la familia. No tenía que bajar al depósito de cenizas. Estás parado y cuando te ofrece asiento te decides por una silla del comedor. Piensas en la cantidad de veces que Gerardo pudo estar ahí, sentarse ahí, comer ahí. Ahí se acostó con esa mujer sin bañar y olió su vagina.

Nadia fue una vez a casa de los señores Bautista. Llegó con un vestido floreado, rosa con negro. Un domingo invernal de 2015. Usaba sandalias sobre las que se asomaban unas uñas del color de las flores del vestido. La temperatura había bajado esa tarde al punto de volver la piel de sus pantorrillas y muslos de un morado enfermo. Ese detalle hubiera pasado inadvertido para ti de no ser por Lorena. Pero Nadia, te has de estar helando, mira como traes las piernas. Se lo dijo cuando Gerardo se fue al baño. Nadia cruzó sus pies y echó las piernas para atrás durante el resto del día. Fue justo también cuando todos pasaron a comer y ella esbozó tan pocas palabras, contestando monosílabos o respuestas escuetas. ¿Qué estudias? Administración de Empresas. Nos dijo Gerardo que no eres de la ciudad. Soy de Guadalajara. ¿Qué hace tu papá? Es dueño de unos talleres mecánicos. Ese día, no le dirigiste la palabra, como si ella y sus piernas no existieran. Como si la vida de Gerardo se redujera a datos y diplomas, trofeos y calificaciones. Si la quería. Si no. Si era la primera mujer en la que se había fijado. Si por qué le gustaba esa habiendo tantas. Si en algún momento Gerardo se preguntó si valía la pena seguir con lo de siempre. Como tú, cuando te imaginaste a F con la sangre del aborto entre las piernas, porque te contó que lo hizo con pastillas y fue largo, toda una noche. Aunque luego investigaras que la sangre no escurre como en la película que te hiciste en la cabeza. Fue la única noche que te pidió durmieras con ella en su departamento de la Condesa, después del viaje donde se embarazó. Le dijiste sí, pero al final, ¿qué puedo inventarle a Lorena así de última hora, F, como no voy a llegar a dormir a casa? Y ahora estás ahí. Quizá mereces todo esto porque dejaste a F esa noche sola.

Nadia. Con cierta indefensión. Cierta ternura. Una universitaria que por alguna razón dejó a su familia en una ciudad donde sobran las universidades, para entrar a la Iberoamericana y estudiar una carrera que existe en todas las ciudades del país. Hacerse novia de tu hijo. Con veinte años. Viviendo sola en un departamento auspiciado por el dueño de unos talleres mecánicos. Una lástima de chica que terminará una carrera, la contratarán de becaria una oficina en Santa Fe. Bajará de peso, porque se comprometerá con esos programas de ejercicios de motivación en los que bajas 20 kilos en seis meses, porque un día se cansará de ser como es. Como todos nos cansamos. Porque encontrará a un tipo anodino y sin gracia con el que se casará, tendrá bebés, una niña, y le contará a esa hija que un día tuvo un novio, en sus años de juventud, cuando estaba confundida, cuando bebía vodka por las mañanas. Ese novio murió en un accidente de coche, muy joven él, como a sus 21 años, una pena, de verdad, era talentoso, cinta negra de Taekwondo con cuatro danes. Sí, una pena. O tal vez ni se acordaría la pendeja, porque tampoco es para tanto, ¿no es cierto? Una anécdota en la vida de una persona que puede llegar a los 90. ¿Agua, un café? niegas con la cabeza y como si leyera tu pensamiento te dice que no estuvo con Gerardo la noche en que murió. Y entonces le cuentas que los mensajes que les mandó Gerardo decían que irían a cenar.

Nunca apareció, quedó en pasar por mí y. Contesta Nadia entrelazando sus dos manos y llevándolas a su boca, con la mirada hacia abajo. ¿Y? No llegó. ¿Y te quedaste así, como si nada? Al ver que no llegaba no te preocupaste, no le llamaste para. Te le quedas mirando porque sabes que podría terminar la frase. Es qué. Su nerviosismo empieza a exasperarte. Ahora envuelve sus manos con la parte baja de la sudadera de rayas y tú sientes un cosquilleo en el pie. Te mantienes firme y buscas su mirada con la tuya, como si eso bastara para obtener la verdad. ¿Es que qué? No era la primera vez que me hacía eso. ¿Que no llegaba por ti? Es que. Por dios, Nadia, es que qué. Ya no salíamos mucho, me dejaba plantada, casi no lo veía.

Bajas un poco la guardia. No se necesita mucha intuición para entender que no sacarás nada si la presionas. Ella es mucho más útil que Rogelio Torres Maya. Y en el fondo Nadia es bonita. Más que bonita tierna. Empiezas a entender qué le gustó a Gerardo de ella. Sus dientes son blancos. Un perrito que enternece. Apenas puede responder. Le preguntas que a qué se refiere, con toda la calma posible. Te sientas a su lado, tomas su pierna derecha y rápidamente quitas la mano. Ella empieza a hablar, sin mirarte a los ojos, con la vista hacia sus manos envueltas por la sudadera.

Gerardo me llamaba para salir, y a las dos horas me

cancelaba. A veces me cancelaba a la misma hora que habíamos quedado. Me había dejado plantada varias veces antes de. De ese sábado. Ya estaba cansada de rogarle. Nadia balbucea y tú sigues ahí, volteas hacia la derecha, a esa ventana y esa ciudad tan ciudad. Asientes con claridad como para decirle, te entiendo, soy una persona de confianza, puedes decírmelo todo.

Señor Torres Maya, ya no importa, yo no le guardo ningún rencor a Gerardo por todo lo que me hizo. Nadia frota con sus manos los ojos hasta dejarlos enrojecidos e hinchados y la interrumpes porque a ti sí te importa. Te importa muchísimo.

¿Cómo te enteraste de que Gerardo murió? Su esposa me llamó. ¿Hablaste con Lorena? Ella me preguntó lo mismo que usted, que qué había pasado con Gerardo, que a dónde habíamos ido, de verdad, me encantaría saber dónde estuvo, pero no lo sé. No tengo ni la menor idea. Asientes con la cabeza. Nadia, ¿tú crees que Gerardo te amó? Te sientes un idiota después de hacer esa pregunta de la nada. Y ella más, porque ahora balbucea hasta tartamudear. Entonces ahora tú tienes que decir, lo siento. No tienes que responder esa pregunta, Nadia. Y como te has parado de la silla en un claro símbolo de despedida, Nadia declara que nunca pensó que alguien como Gerardo pudiera fijarse en ella.

La primera vez que lo vi en la universidad y se acercó a nosotras, bueno, es que yo estaba con una amiga ese día que Gerardo me habló por primera vez. Yo pensé que iba por ella, por mi amiga, se lo juro. Me preguntó algo de la clase y comenzamos a platicar de cine. Me habló de unas películas que yo no había visto y me dijo que podíamos verlas juntos, si quería, a cambio yo podía ayudarlo en la clase porque se le estaba haciendo difícil. ¿Qué clase era? Métodos cuantitativos. ¿Y vieron las películas? No muchas. Gerardo se cansó de recomendarme películas, a mí no me gustaban, eran extrañas y aburridas. Aunque él decía que debía acostumbrarme a otra manera de ver las cosas.

Me dijo que era idiota, varias veces ¿Recuerdas alguna de esas películas? Sólo recuerdo *El caballo de Turín*, no pude terminarla, es la cosa más rara que he visto.

El título de esa película no te suena de la carpeta de películas de Gerardo. Métodos cuantitativos, repites en tu mente. Nadia sigue hablando, y tú sólo puedes pensar que alguien que amaba el cine debía sentirse podrido en una clase con ese nombre. Cuantitativos.

No recuerdo bien qué me preguntó. Continuó Nadia. Yo le dije cualquier tontería porque era Gerardo Torres Maya, ¿me explico? Me sentí súper tonta cuando le dije que me tenía que ir, obvio no era así y desde lejos vi que se quedó platicando con mi amiga. Pensé, claro, pues obvio iba por ella. Pero en la tarde me buscó en Facebook, me mandó el link a la película y empezamos a chatear. Y de ahí nos veíamos mucho hasta que nos hicimos novios poco antes de que él se saliera de la uni. Nadia, yo no supe que Gerardo dejó la carrera hasta hace poco, ¿tu sabías que Gerardo nos engañaba? Se tarda en responder. Yo sólo me enteré de que iba a salirse de la universidad.

Nadia mira de nuevo hacia abajo y mueve el pie derecho de adentro hacia fuera con la punta en el piso y el talón volando. No sé qué decirle, concluye. No tienes que decirme nada. Te agradezco tu tiempo y amabilidad.

Salir de ahí, de todas las formas posibles, con la cara cansada y la derrota. Te diriges a la puerta y como si Nadia hubiera adquirido la edad de una mujer de cincuenta años llena de experiencia, en unos pocos segundos adquiere un tono de voz calmo y sereno y te dice que, si te sirve de consuelo, ella piensa que Gerardo fue valiente por haberse salido de la universidad y querer dedicarse al cine.

Recuerdas cuando se le metió en la cabeza a Andrea meter a Gerardo a practicar Taekwondo, después de ver cómo Guillermo Pérez ganó la medalla de oro en Beijing 2008. Tenía 11 años. Gerardo. Pensaron que estaba bueno que hiciera ejercicio. Lorena investigó, y resultó que el senséi del estudio en San Jerónimo tenía más danes que ninguno en la ciudad. Quedaba tan cerca de la casa ese estudio. Quizá pensaron que demasiadas cosas eran una buena idea y lo presionaron hasta matarlo. Los sábados por la mañana comenzaron a ser un derroche de Taekwondo. Y en las comidas de domingo toda la familia le pedía que les mostrara una nueva cata. Y qué bien se veía ese niño de doce años con su cinta amarilla, luego naranja, luego verde, moviendo las manos en armonía con su cabeza y sus pies. Movimientos precisos. Planeados. Mecánicos. Metálicos. Disciplina, deporte y espíritu de competencia.

Nadia, ¿puedo preguntarte una última cosa? El silencio de Nadia indica la aceptación. Quieres saber si en algún momento lo vio en combate. Nunca lo vi, Gerardo me había invitado al examen para su quinto dan, pero luego decidió no presentarse. Fue un poco antes de dejar la carrera, ya no más, ya no más Tae, Nadia, ya no puedo más, eso me dijo.

Dale las gracias de nuevo y vete. Por eso no más torneos,

por eso no más invitaciones de la Asociación Mexicana de Taekwondo. Ahora sólo me estoy dedicando a ir a las prácticas, mamá, este año no voy a sacar ningún dan. Gerardo, vas a perder la cinta si no te pones las pilas, le decía una y otra vez Lorena. Es que no me da tiempo de nada, mamá, te lo juro. Ya no voy a llegar a nada más, sólo a ganar torneos nacionales en mis categorías, no tengo nivel olímpico, ¿para qué seguir con los exámenes? Hemos dedicado mucho tiempo y dinero a eso, Gerardo, no lo puedes tirar por la borda, además eres muy bueno. Ya sé, mamá, ya sé.

Sales de ese olor, de esa sensación de decadencia. Pero ahí está Nadia. En el marco de la puerta, ella espera a que llegue el elevador. El elevador tarda demasiado. No tienes tiempo, Hugo, no tienes nada, no es que te hayas quedado vacío, siempre lo estuviste y eso ya lo sabías, desde que tenías ocho años lo sabías, pero por dios, no saber nada. No saber nada de él. No. Saber. Nada.

***

Lo siento. Lo siento. Has escuchado esas palabras tantas veces en los últimos días que ya te dan asco. Tú lo sientes todo, hasta el tuétano, hasta marearte. Te duele doblar una rodilla y otra, para caminar. Ponerte el cinturón de seguridad, porque puede salvarte la vida. No volver a ver a alguien, acostumbrarse a la presencia de una ausencia. Alguien que no va a regresar. Y luego, que cada persona que te llama crea que puede decirte cómo vivir de aquí en adelante con consejos de mierda. ¿Qué quieren que respondas cada vez que te preguntan cómo estás?

***

Blanca te dijo que tenías una llamada de tu hermano. En ese entonces, todavía conservabas los teléfonos fijos en cada oficina. Negros, con botones y cable en espiral. Ring. Rafael te llamó para contarte detalles sobre su visita a la tía Gilda. Hace muchos años, Rafael tenía esperanzas de encontrar a tu papá.

Ginebro no quiere vernos, no le interesa, te dijo. Pero pude hablar con la tía Gilda, me llamó sobrino, en cuanto me vio entrar, sólo le faltó agarrarme de los cachetes y decirme cómo has crecido. También me preguntó por ti, ¿cómo le va a Hugo en el despacho? ¿Qué tal el bebé? ¿Cómo está Lorena? Como si nos hubiera visto toda la vida. No tenía idea que supiera el nombre de tu esposa y de tu bebé. Eres famoso, hermano. Sabe que acabas de comprar una casa en el Pedregal. Sabe que quitaste la alberca que tanto alabó Barragán. Creo que se impresionó de que quitaras la alberca. Dijo que estaba orgullosa de ti. Dueño de tu propio despacho a los 33 años, con tu súper casa en plena crisis económica, papá modelo, esposo ejemplar, todo eso, me dijo. ¿Has hablado con ella recientemente?

Jamás habías hablado con la tía Gilda en tu vida, y por eso, aunque admirara tu vida de clase alta y conociera la fachada, no sabía que estabas endeudado hasta la mierda. En esa misma llamada telefónica se lo contaste a Rafael. ¿No se suponía que era un gran negocio porque la compraste por la mitad de su valor real? Es un elefante blanco, le confesaste, me está costando sangre. El mantenimiento me va a volver loco, por más que haya sido una oportunidad. A veces te juro que no puedo conciliar el sueño, doy vueltas en la cama. Duermo máximo tres horas. He llegado a dormir en mi oficina. Las ganas de beber no las mencionaste y las bebidas no las mencionaste.

¿Sabes cuál es tu problema?, preguntó Rafael para responderse a sí mismo al instante. Siempre le estás viendo el lado negativo a todo, eres demasiado perfecto, pero nada es suficiente. Toda tu pinche vida estuviste con que si las casas de Ginebro en el Pedregal, con que esa sí es una buena manera de vivir. Y mira, ahora que por fin tienes la pinche casa, sólo piensas en tus deudas. Rafael no entendía nada. Quizá él nunca había tenido que preocuparse por mantener a alguien. En ese entonces, cuando él habló con la tía Gilda, tú debías muchísimo dinero, dinero que finalmente nunca has terminado de pagar y nunca terminarás. Y menos a Don Pablo Bautista, quien te dio el resto de la cantidad que necesitabas después de la venta del departamento que les había dado Ginebro y la mitad del de tu madre.

Le vendiste tu alma al diablo, hermano. ¿Para qué te pusiste a remodelar la casa si no te alcanzaba? Tampoco es que estuviera inhabitable. Cuando se las enseñamos a los Bautista, mi cuñada Andrea dijo riéndose, la muy cabrona, "pero Lore, si parece que esta casa la construyó Herodes, perfecta para que tu niño se ahogue o se caiga de esas escaleras voladas". Lorena traía a Gerardo en brazos, mi suegra se dio la bendición y Don Pablo me dijo al oído, Hugo, pide un presupuesto para quitar esa alberca y ver qué hacemos con las escaleras, si quieres puedes pedirlo al despacho de tu abuelo. ¿No me digas que contrataste a Ginebro para tapar su propia alberca? Claro que no, Rafael. Si escarban ahí van a encontrar la pinche alberca enterita, no hubo ninguna remodelación sino toneladas de tierra para agrandar el jardín que me costó un dineral. ¿Y las escaleras también las quitaste? Yo le dije a Don Pablo que me encargaría, me salió más barato contratar una nana que persiguiera a Gerardo día y noche a cambiar esas escaleras. Tenían miedo de que Gerardo muriera.

Poco después de esa conversación que tuviste con Rafael, hacia finales del año 96, sentiste que tu hermano no volvería a ser el mismo. No sólo había ido a visitar a la tía Gilda y tenía esa obsesión por encontrar el paradero de tu padre (con la ilusión de encontrarlo vivo) sino que renunció a la agencia de publicidad donde trabajaba. Necesitaba tiempo para irse a Huejutla y sus jefes le habían negado las vacaciones. La única pista que le quedaba era la hija de un arquitecto prominente, la tía Gilda, una señora de la alta sociedad que lo trató con amabilidad. Una señora a la que se le murió su madre a los dos años y su propio padre, Ginebro, en vez de consolarla, llegó un día con un niño en brazos. Genaro Torres Maya, su nuevo hermanito. Un niño adoptado, proveniente de la Huasteca Hidalguense. El apellido Torres Maya no podía morir. Y para eso se necesitan hombres. Patriarcas. Patricios. Padres. Próceres. Progenitores. Piedras. Penes. De trabajo. De honor. De Falo. De masculinidad. Aunque todo eso estuviera a punto de morir. Y sin embargo, la vida de tu padre, Genaro, no resultó tan admirable para esa masculinidad. Quizá porque el destino sí lo da la sangre. Quizá porque no quería cargar con dos falos más en su vida. Ustedes.

En la década de los setenta, tu padre ya era un caso perdido. Dos niños. Una esposa nueve años mayor. Ningún trabajo y mucho alcohol. Mucho llanto en la borrachera. Igualito que tú. Algo faltaba. Las cosas que nunca fueron. Y entre las cosas que nunca fueron, Genaro Torres Maya se fue. Se fue. A buscar a su verdadera familia, quizá. Nunca se supo nada más de él.

Y Rafael se aventuró a buscar las huellas de su padre. No encontró nada. Cansado. En una época en la que ser. En la que ser homosexual no era posible. Esa masculinidad. No. En las invitaciones de boda sólo un boleto. En ninguna conversación un "con quién estás saliendo". Como si el amor no existiera para él. Cansado de buscar, Rafael se refugió en Zipolite. Y cuando lo fuiste a buscar, sí, por el año 1997, todo cambió también para ti. En las costas oaxaqueñas todo cambió.

Recuerdas esa conversación en esa playa con Rafael, todos desnudos menos tú, con sus cuerpos bronceados, hombres y mujeres. Gringos, europeos. Ya era tarde, el sol poniente anaranjaba el mar. Rafael. Justificando que su padre tenía derecho a buscar, a encontrar, a saber dónde estaba su verdadera familia. Él quería quererlo. Buscar una razón de su abandono. Buscar a su verdadera familia.

¿Y que su verdadera familia no estaba en la Unidad Independencia medio muriéndose de hambre? Digo, nomás pregunto, porque hasta donde recuerdo ese señor dejó dos niños y una esposa. Discutiste tan enojado, lleno de sudor y arena por todas tus pantorrillas. ¿Si te acuerdas que no teníamos ni pa comer, verdad? Estabas tan enojado de que Rafael pensara que tu padre había tenido derecho a irse. Los padres no tienen ese derecho una vez que ya tienen al niño en brazos. Pero él insistía. Todos cometemos errores, Hugo. Y aunque se haya ido, aunque no haya sido el padre perfecto, si pudiera verlo, le daría un abrazo. Las cursiladas de Rafael exasperaron tu cerebro. Una cosa es no ser el padre perfecto, y otra no ser el padre, irse, abandonar. Él es nuestra sangre, Hugo. ¿Por qué le das tanta importancia a la sangre? Porque es nuestro origen. Entonces le estás dando la razón a nuestro padre. No tenía caso discutir, después de todo, eso había pasado hace tantos años.

¿Por qué crees que le dediqué tanto tiempo a entender mi orfandad?, te preguntó Rafael después de un largo silencio, hacía tanto calor que ni una hoja se movía en esa playa. No sé, Rafael, porque vives solo, no tienes familia y tenías el dinero del departamento sin saber qué hacer con él. ¿Te crees mejor que yo porque tienes tu despacho a los 33 años y tu casa llena de jacarandas, tu familita feliz y tus comidas dominicales en casa de los Bautista, sin salirte nunca del redil? No sé a qué viene todo eso de no salirse del redil. Pero hasta que te conviene eres la persona perfecta, porque en el momento en que mi mamá se enfermó, el hijo modelo se fue a la mierda. Hugo Torres Maya desapareció. Ni hablas de ella ahora que se acaba de morir, actúas como si nada, como si su vida no hubiera sido complicada. Me repatea que actúes como si no pasara nada, ¿qué no te duele su muerte, Hugo? Ella nos crio sola. Tú no tienes ni idea de lo que me duele o no. Ya no recuerdas si eso lo pensante o lo dijiste. Todo lo que ves, ese despacho y mi casa llena de jacarandas, todo lo que hago en esta vida es justo para no ser como mi papá.

Te dijo que estaba bien. No quería discutir más. Regresaría a la ciudad, buscaría un trabajo. Está bien, lo entiendo, Hugo, no tienes que darme más dinero. Pidieron otra cerveza para él, un agua mineral para ti.

***

Las luces del jardín y de la entrada suelen estar todas las noches prendidas, por seguridad, según los de la compañía de alarmas. Esta noche todo está en penumbra. En tu casa no hay ni una sola luz. Y la escalera volada casi no la ha usado nadie. Lorena, gritas una vez y otra mientras accionas el interruptor. Te avisa que está en la lavandería. Subes la pequeña escalera de servicio que lleva al último piso, con paredes desnudas.

Huele a jabón, la secadora con su fuerza centrífuga, el burro de planchar con una camisa tendida y te sorprende ver a Lorena metiendo más ropa a la lavadora. La llave del grifo está abierta en lo que se llena una cubeta. Preguntas qué hace. Parece una loca.

Ya sé que corriste a las muchachas, si crees que con eso me vas a reventar, estás equivocado. Por mi mejor que ni estén, ni quiero que vuelvan. Tampoco me importa que la casa se caiga a pedazos. Sólo estoy lavando la ropa de Gerardo que había quedado pendiente. Mañana vendrá Andrea para llevársela junto con el resto del clóset.

No, respondes con sequedad y determinación. No vas a mover nada de ese cuarto hasta que yo te diga, no vas a regalar la ropa, no vas a hacer nada. Te niegas a dialogar esta vez. No ahora. No mañana. No nunca. Hablaste con Nadia, Lorena, le avisaste de la muerte de Gerardo y de las misas y el velorio y todo. Y no me dijiste nada cuando te rogué que me dieras el teléfono. Me juraste que habías borrado todos los números.

Yo sólo le hablé para saber dónde había estado Gerardo esa noche. ¿No que no querías saber nada? Gritas. ¿Qué otras cosas me has ocultado? Ay, por favor, Hugo, no me vengas con dramas de ocultaciones a estas alturas, diga lo que diga

Nadia, ella estuvo con Gerardo y se quiere deslindar para no tener problemas.

Ya se había tardado. Lorena y sus teorías conspiratorias. Todos mienten. Todos tienen una doble intención. Todas las personas la quieren joder a propósito. Tú quieres joderla desde el día uno. La usaste para subir en la escala social. Eso te gritó su hermana Andrea. Cómo te habías atrevido a hacerle algo así a su hermana. A mi hermana. La única razón por la que le fuiste infiel era para joderla. Andrea fue la que te puso las bolsas negras de basura con tu ropa fuera de la casa cuando se enteraron de lo de F. Lorena fue quien puso de vuelta todo en tu clóset, dos días después. Sin decir palabra. Como ahora. Sin llorar. Como si no sufriera. Con un sentido práctico. Acomodó toda tu ropa de nuevo. Por colores. Ella, la que se ha peleado con cuanta amiga llega a su vida porque siempre le tienen envidia o a Gerardo o hasta a ti, a su casa, a su papá, a su mamá, a su hermana, al gato que no tiene. La que revisa las cuentas de los restaurantes cosa por cosa, tus amigos siempre quieren abusar de ti y no vaya a ser te endilguen un tequila de más. De ella han abusado tantas veces. Con esas palabras te lo ha dicho. Lorena mira si la cajera del súper no marcó algún producto doble para verle la cara. O el hombre de la gasolinera seguro le dio mal el cambio y por eso no le va a dar propina. Piensa mal y acertarás.

Por qué mentiría Nadia con algo así, le preguntas a gritos. El dedo índice de Lorena se levanta y te apunta. Gerardo nos dijo que estuvo con ella y así fue, punto final de la historia, esa pendeja quiere mentir para que no le echemos la culpa porque Gerardo venía drogado. No, Lorena, Gerardo no dijo eso, escribió en el chat que igual y saldría con ella.

Dijo voy a cenar con Nadia. Aquí está mi celular, ¿quieres ver los mensajes? No necesito ver nada. Y en todo caso, por qué le creeríamos más a ella que a Gerardo.

Porque Gerardo les mintió sobre la carrera, porque dijo que iba a prácticas de Taekwondo cuando no era verdad.

Lorena, ¿tú sabías que Gerardo dejó la universidad? ¿Eso

te dijo esa mentirosa? No, me lo contó Rogelio Villaseñor, lo cité porque quiero saber. Sí, ya sé que quieres saber todo de Gerardo de un día para otro.

Sí. Todo. Todo. Todo. Absolutamente. Todo. Quieres saber dónde pasaba los fines de semana. Cuáles eran sus pensamientos. Con quién soñaba en las noches. A dónde quería viajar en el siguiente verano. Todas las películas que veía y por qué le gustaban esas y no otras.

Dejó la universidad y lo ocultó, ¿no te das cuenta de lo que eso significa? Le dijo a Nadia que estaba harto del Taekwondo y tampoco nos dijo que lo había dejado. No sólo había estado faltando a sus prácticas, lo había dejado del todo, Lorena. Blanca le hacía depósitos por las colegiaturas a una cuenta privada y no sabemos qué hacía con el dinero. Hablé a la Ibero, Gerardo no está matriculado desde hace un año y medio en ninguna clase.

Nadia sólo quiere desprestigiar a Gerardo, por amor de dios. Cubrirse sus espaladas. ¿Pero por qué lo va a querer desprestigiar? ¿Y Rogelio también? ¿Y hasta la universidad? No, Lorena, las cosas no son así, Gerardo tenía 20 mil pesos para él todos los meses de la colegiatura, más los quince mil que yo le daba para sus gastos, más la mensualidad del Taekwondo, que ahora ya ni sé cuánto es. En sus dos cuentas no hay un solo peso. ¿No lo entiendes? No es sólo esa noche, es toda su vida.

Pues a mí no se me hace ningún misterio para un niño de su edad, salía con sus amigos, invitaba a su novia, se compraba cosas, estaba pasando por una etapa rebelde, a todos nos gusta experimentar. Incluso pienso que se había tardado, pasó la adolescencia siendo tan responsable con su deporte, con la escuela, con nosotros. Quizá nosotros lo matamos. Casi no salía a fiestas ni nada, ¿eso no se te hace raro también, Hugo? Ahora me doy cuenta de que a mí me daba miedo su nobleza. Que a fin de cuentas todos abusaran de él por bueno. Yo me alegré de que empezara a salir y vivir un poco más.

No tienes idea de qué nobleza está hablando. Explicarle a Lorena que habías despedido a Blanca, ido a Banorte, que los estados de cuenta sólo tenían los depósitos y unos retiros mensuales en un cajero de la Roma, que el tipo del banco fue insensible, que te pidió el acta de defunción para poder acceder a los datos del fallecido, que enseñar esa acta fue horrible y que el tipo se puso a verificar nombres en su computadora como si la vida siguiera, explicarle eso. Explicarle eso fue lo mismo que hablarle a un funcionario que desea irse porque ya han dado las seis de la tarde. Sin verte a la cara.

Lorena confiesa sentirse más devastada de lo que crees. La última vez que vio a Gerardo, ese viernes, antes de que se fueran a la boda en Cuernavaca, le parece la vida de otra persona. Una eternidad y apenas han pasado quince días.

Lo que más me molesta es que la gente me trate como si tuviera lepra. En la comida de mis primas, estaba en la cocina de Andrea, nadie quería quedarse sola conmigo. Yo no hablé de Gerardo en toda la tarde y ellas tampoco, y de verdad siento que así está mejor, por eso no me importa saber dónde estuvo, o qué hizo. Mi vida se acabó hace dos semanas, y a diferencia de ti, no le voy a dar sentido yendo a buscar a su novia con una pesquisa estúpida. Y si quieres saberlo, y me da mucha pena decirte esto ahorita, Hugo, Gerardo me contó que había dejado la universidad, estaba muy asustado por tu reacción, así que le sugerí que esperásemos hasta verano. Le prometí que iría preparando el terreno contigo.

El ruido de la secadora. La fuerza centrífuga. Y Lorena. Ahí. De pie. El agua escurriendo por esa cubeta desde hace tiempo y nadie que cierre la llave. Qué tipo de terreno podría ella preparar y siguió, mientras se rompían los pocos pedazos de tu alma que quedaban, como con Rogelio o con Nadia.

Él pensaba terminar las cosas con Nadia, había empezado a beber mucho con ella, me lo confesó, Hugo, Gerardo me dijo que Nadia lo estaba incitando a la bebida. ¿Qué hijo de 21 años le cuenta esas cosas su madre? Con sus propias palabras me lo contó, aunque no lo creas. Era el Gerardo de siempre cuando me lo contó, ese chico responsable que tú y yo conocimos y que sólo estaba pasando por una faceta rebelde, natural en un joven. Quedamos en que todo volvería a la normalidad, poco a poco. Tenía que recuperar su condición física para volver a las prácticas. Quedamos en eso. Y en que regresaría a la universidad. Yo iba a ayudarlo, Hugo. Estoy segura de que esa noche, Gerardo fue a terminar las cosas con Nadia, pero ella logró convencerlo, se drogaron, bebieron y ella lo mató. Por eso no quiere aceptar que estuvieron juntos esa noche. Y sinceramente yo no tengo la fuerza de abordar un acto legal contra ella, aunque ganas no me faltan.

***

"En Turín, el 3 de enero de 1889, Friedrich Nietzsche salió de su casa en el número 6 de la Vía Carlo Alberto. Tal vez para caminar, tal vez para ir a la oficina de correos a buscar su correspondencia. No muy lejos, o en realidad muy poco lejos de él, un cochero tenía problemas con su caballo. A pesar de todos sus esfuerzos, el caballo se negaba a moverse. Después de que el cochero ¿Giuseppe?, ¿Carlo?, ¿Ettore? perdió la paciencia y tomó el látigo, Nietzsche se abrió paso entre la multitud y puso fin a la brutal escena del cochero, que a esas alturas echaba espuma con rabia. El sólidamente construido y bigotudo Nietzsche subió, de repente, al coche y echó sus brazos alrededor del cuello del caballo, sollozando. Un vecino lo llevó a su casa, donde se tendió, tranquilo y silencioso en el sofá durante dos días, hasta que murmuró inarticuladamente sus últimas palabras, después de las cuales quedó mudo: *Madre, soy un tonto.* Y vivió otros diez años sereno y alienado, al cuidado de su madre y de sus hermanas. Del caballo... no sabemos nada".

Estas son exactas las primeras palabras de la película, la puedes encontrar entera en Youtube con una resolución pésima, pero los letreros se ven más o menos bien. Repites esa introducción tres veces porque no te da tiempo de leer. Dejas que la película siga. Estás con los ojos fijos en esa larguísima escena, sin diálogos, en esa especie de bosque seco, lleno de viento, del silbido del viento. Un viejo lleva al caballo, supones que es el caballo del que no sabemos nada, del que se van a inventar una historia, es una gran idea inventar la historia de lo que no sabemos nada. La película es a blanco y negro. No pasa nada en esta película. Se comen una papa con las manos. No pasa nada. La muchacha viste y desviste al viejo. Piensas que en cualquier momento la va a violar. Pero no pasa nada. Cierras la computadora a la media hora. Gerardo es un misterio y que le gustara esta película cuando entró a la universidad, lo vuelve más siniestro. No es el chico que le confiesa cosas a su mamá. No es verdad que tuviera secretos con Lorena. Ella miente. Se hace una historia para estar segura. O quizá lo supo todo y en verdad el tonto eres tú. Pero el que ella asegura era el de siempre. No. Ese chico no vería esta película. El chico que ve esta película no le cuenta esas cosas a su mamá ni le promete que regresará al Taekwondo. *El Caballo de Turín* salió en 2011, eso dice la Wikipedia. Parece mucho más vieja. Dos años antes de que Gerardo entrara en la universidad.

La computadora de Gerardo, encima de tus piernas, se empieza a calentar y un sueño espeso te consume. No puedes mantener abiertos los ojos. La dejas a un lado, sólo se mantiene prendida la luz de la lamparita en el buró. Sospechas que vas a soñar con el caballo. Del caballo no sabemos nada. Del

Caballo. De Gerardo. No sabemos nada. De F. No sabemos nada. De tu padre. No sabemos nada. Aun si tu padre se hubiera quedado, tendrías la sensación de no saber nada de él. De ser un tonto. Eso piensas entre sueños.

***

Desde ayer no has podido quitarte de la cabeza esa idea que leíste en el prólogo del libro que te dejó Rafael. Lo primero que te gustaría decirle al Dalai Lama es que la gente no muere como vive. No cuando tienes 21 años, cuando tomas mal una curva por accidente, cuando no has vivido lo suficiente para saber cómo morir. La idea de reencarnación. La idea de reencarnación es otra cosa. Tú ya habías imaginado eso de tener otras vidas. Gerardo no figuraba en ninguna. Para qué, si era la única concreción de la que sí tenías.

¿Has pensado que tu hijo podría reclamarte que no seguiste tu felicidad por él? Él nunca te pidió nada. ¿No crees que es demasiada responsabilidad para un niño de tres años?

F nunca lo entendió. No había sido madre. Si tuvieras otra vida, ya no te irías con ella, como tantas veces fantaseaste. F lo insinuó cuando fueron a comer por primera vez a ese restaurante francés que tanto te gustaba en los noventa. Tengo la sensación de conocerte de tiempo atrás, sí, me da la sensación de que te he visto antes. No te rías, lo estoy diciendo en serio. Por más que indagaron en la trayectoria del otro, escuelas de la infancia, universidad, amigos de amigos, viajes, lugares en la ciudad. Nada. En una de esas, nos conocimos en otra vida. Rieron. Tomaron más vino. Te encantó en esa comida. El color menta de su blusa. Los dientes grandes, ligeramente separados, la sonrisa enorme y esos ojos cafés rojizo como un té negro.

No me busques más, van a hacerme daño, no me mandes más cosas, no necesito tu dinero, no me llames a casa, no me digas que me deseas lo mejor y mucho menos que merezco un gran hombre. Y nada era verdad, ellas jamás iban a hacerle daño. Si tu mamá, tu pinche hermana o tú le hacen algo te voy a dejar sin nada, Lorena, te voy a quitar la casa, me voy a quedar con Gerardo.

De nuevo fantasías. Una y otra vez con esa escena. Qué ridículo eres, Hugo, porque en el fondo y en la superficie te daba miedo el juez, todo lo que te iba quitar Lorena si la dejabas. Y sí, los días que pasaste en ese hotel, con tus bolsas negras para la basura, llenas de tus pertenencias, en la cajuela del coche. Le habías sido infiel a tu esposa y merecías el peor castigo. Concluiste que era lindo ver a Gerardo en las noches, aunque estuviera dormido y no jugaras con él. Dejar lo mismo para ir a lo mismo no es un gran negocio, en todo caso, eventualmente las cosas con F iban a ir mal. Las relaciones no se pueden mantener por mucho tiempo. Vaya noches en ese hotel castigo del cornudo. Jugar con ese niño de tres años. Un hijo al que no veías los domingos en la mañana porque te ibas con ella, diciendo que necesitabas tu vida personal. Las mañanas del fin de semana. Hacer cosas por mi cuenta, estar solo por un rato. Coger. Llegabas tarde y ya habían comido los Bautista, pero te calentaban un plato de pasta que masticabas con desgano porque ya te habías comido todo un coño. Lo sabía. Lorena tenía que saberlo desde el principio. Pero otra vida, sí, debía existir otra vida en la que uno puede tenerlo todo. Ganar un Oscar. La medalla de oro olímpica de Taekwondo. Con quién querría pasar otra vida Gerardo.

***

El quiosco morisco. Contactaste a Catalina. Sí. Le dijiste que Santa María la Ribera estaba bien. Lo más fácil es el quiosco morisco, no hay pierde. Al centro de la plaza. Esperar no es uno de tus fuertes y menos con un asomo temprano de la lluvia estival anunciado por un cielo monótono. Ojalá exista la reencarnación. Sí, ojalá exista esa otra vida para verlo. ¿Puedo quedarme más con él? No señor, tenemos que llevárnoslo. No existe entrenamiento para el dolor.

Catalina sube las escaleras por las que unos chavos brincan con sus patinetas. Temes que alguno se le rompa la rodilla o se esguince un tobillo. Han pasado dos ambulancias, un camión de bomberos y ahora una patrulla. Algo pasó, en algún lugar de esta colonia a la que llamaban Santa María la Ratera. Algo pasa todos los días. Todos los días muere alguien. El amarillo no vino, a cambio el negro, esta vez, sí, qué ironía, el negro vino con una blusa pegadísima de cuello alto sobre la que cuelgan dos pechos pequeños, sin firmeza. Pantalones de mezclilla acinturados, tan holgados en su escuálido cuerpo. Y las botas rojas de siempre. Las que para ti son las de siempre. Se disculpa. Tengo un dolor en la espalda baja, terrible, debo dejar de cargar tanto peso, es como si fuera una señal del universo. Tú no le ves relación a sus dolores con la impuntualidad y menos con las señales del universo. Piensas en el pelo castaño y los ojos casi amarillos de Gerardo. Con su playera de Radiohead, como la que viste hoy en el closet junto con la que traes puesta, y de todas las cosas de Gerardo que en algún momento pasarán de moda y sólo quedarán en sus fotos. Fotos que en ochenta años acabarán colgadas en un restaurante. Cuando ninguno de ustedes exista. El restaurantero las comprará en un mercado de pulgas. El dueño del puesto del mercado de pulgas las habrá sacado de unas bolsas negras de basura con pertenencias que alguien donó. En ochenta años serán una buena decoración para los restaurantes vintage. Quizá en ochenta años esta colonia sea la más elegante de la ciudad otra vez.

Catalina sonríe, imaginas que con un *hijab* podría verse atractiva, con un delineado que resaltara esos ojos oscurísimos y esa mirada atronadora. Pero es esa voz, entre dulce y carraspeante, da la sensación de que podría ser una actriz.

Y eso es justo lo que parece cuando saca unos manuscritos y te dice que es lo único que pudo conseguir con la profesora de Storytelling. Te los da como quien agradece a su público.

La idea de la clase era pensar argumentos que detonaran una película. En principio no teníamos que escribirlo como un guion, sino como una historia normal, te explica Catalina. Tomas las hojas y lees Gerardo Torres Maya. Catalina voltea hacia ti. Te gustan demasiado esos ojos casi negros.

La historia de Gerardo: *Un hombre adoptado, con todas las posibilidades del mundo, abandona a su familia (una esposa y dos hijos), pasan los años y la familia nunca puede dar con su paradero. No saben por qué se fue, si lo mataron o si se fue para hacer otra familia y cambió de identidad. Después de mucho buscar, uno de los hijos devela que su padre está en Torraca, al sur de Italia. El tipo está forrado porque su familia biológica pertenecía a la mafia italiana. El encuentro entre padre e hijo no será lo que se espera.*

Anotaciones de la profesora: *La historia va muy bien, pero le falta garra al final. Hay que concretarlo y saber por qué no será lo que se espera. ¿Qué pasa con esos hijos, por qué uno lo busca y otro no?, ¿cuál es la incidencia de la mafia en toda esta historia y por qué es importante incluirlo?, ¿qué pasa con la madre? Debes ir pensando en un final impactante.*

En fuerte lees las anotaciones de la maestra. Hay algo bueno en estar con alguien a quien la vida no se le ha terminado todavía. ¿Sabes si llegó a escribir la historia? Justo es lo que estoy buscando entre todos estos papeles que me dio la profesora. Que, por cierto, te mandaba condolencias.

Te quedas mirando a los chicos de la patineta. Papá, ¿tú nunca tuviste papás? Te preguntó Gerardo cuando tenía unos cinco años. Venían de regreso de la convivencia padre-hijo del colegio. Hicieron rapel como si hubieran nacido con arneses. Gerardo por naturaleza sabía concentrarse con las actividades físicas. Los otros papás se impresionaron de su habilidad. En qué momento pasar la mano y la pierna al unísono era un baile para Gerardo. Uno, dos, perfección. Como en sus catas. En los combates con el nudo de su cinta negra que tanto adoraba y que él mismo lavaba a mano. Murieron hace muchos años, hijo. ¿Y cómo se llamaban? Celia, mi mamá, mi papá Genaro. Como yo, dijo sonriendo. No, él era Genaro, tú eres Gerardo. Y enfatizaste en esas erres. Esa fue la primera vez que aceptaste que tu papá había muerto. Sólo había muerto. Eso era más fácil. ¿Te sientes solo papá? Sí, a veces me siento solo, hijo, pero tengo a tu tío Rafael. Debiste decirle que lo tenías a él, sobre todo a él. Gerardo no volvió a preguntar por nadie de tu familia. Las comidas de los Bautista le bastaban.

Mi padre nos abandonó, y después de esbozar esas palabras con la mirada puesta en las patinetas que chocan con el asfalto, le repites a Catalina que tu padre te abandonó cuando eras pequeño y que quizá Gerardo tomó eso como inspiración. Ahora son cláxones, una patrulla intenta pasar y las primeras gotas de lluvia anuncian que el pavimento está a punto de cambiar su tono. Ella no te contesta, pero pone su mano en tu pierna. Me gustaría invitarte un café para agradecerte la molestia de buscar todas estas cosas de Gerardo.

¿Otro café?, responde Catalina mientras acomoda unos papeles y te los da. No tiene nombre esta parte y no parece tener un comienzo claro, pero me parece que es una especie de borrador de la historia de Gerardo. Aquí al ladito está la cantina donde José Alfredo Jiménez empezó su carrera.

Digo, está un poco echada a menos, pero te dan botana por cada cerveza, y de que me invites algo, prefiero eso.

Le regresas los papeles a Catalina para que los guarde en su mochila y no se mojen con la lluvia. No tienes mucho tiempo, hoy es 23 de mayo y se cumple un mes. Hay una misa en la Santa Cruz del Pedregal, pero realmente quieres tomarte esa cerveza con ella, con libertad, sin que nadie te pregunte por qué estás bebiendo.

***

Siempre que se pierde algo, se gana otra cosa, así funciona la naturaleza, ahora podrías ver qué has ganado desde que se fue Gerardo. Catalina no tiene miedo de decirte una cosa de esa índole antes de que salgas de su casa. En ese pasillo con lámparas chinas color rojas. Pensar en. La ganancia.

Tu coche estaba estacionado en la puerta del edificio y saliste de la Santa María hacia Reforma por intuición. Avanza, el semáforo está verde y no es seguro detenerte a estas horas de la madrugada. Piensas en la misa a la que no fuiste por beber cervezas que terminaron en varios tequilas. Piensas que no quieres volver a pisar esa iglesia. No sabes cuántos. Tequilas. No hay otra misa de mes. No hay otro mes.

Lorena te dirá que no tienes madre. No fuiste a la misa y todos te estuvieron esperando. En tu celular hay once llamadas perdidas de Rafael. Pasadas las ocho de la noche, la hora de la misa, cuando ya habías decidido no ir, le escribiste. Todo en orden. Te contestó que debía irse a Valle al día siguiente, pero que volvería el fin de semana. Y todas esas personas se preguntarán por ti. Y te pensarán deprimido. Y no quieres volver a verlos. A nadie. Y estás regresando de la casa de Catalina Sandoval en plena madrugada. Lo que se gana.

Llegaron a la cantina, te enseñó las fotos de José Alfredo colgadas de la pared, las fotos que testifican su primer pasar por ese sitio. Una virgen de Guadalupe iluminada con luces navideñas en una esquina. Las mesas de madera con portavasos en las patas para los que juegan dominó, como en los viejos tiempos. Algún que otro asiduo bebiendo solo. El piso de loseta beige, la barra de madera y un viejo detrás con su filipina blanca platicando con uno de esos bebedores asiduos.

Catalina pidió dos Bohemias y dos tequilas, brindó por la vida de Gerardo y se te cortó la voz. Salón París. Pediste el mundo raro de José Alfredo Jiménez en la rocola. Que no sabes llorar, que no entiendes de amor y que nunca has amado. Es bueno desahogarse, Hugo. Saber llorar, como dice la canción. Y como no pudiste articular palabra, sino tomarte el caballito de un solo trago, Catalina te abrazó y puso su cara en tu cuello. Y eso es lo mejor que te ha pasado desde hace un mes.

Quizá sí debiste quedarte a dormir en su casa como te sugirió. Para no salir con esta sensación entre borracho sediento y crudo desmoralizado y correr el riesgo de que te pare el alcoholímetro. O incluso. Morir. ¿Cuántas horas pasaron en la cantina? Tres, no más de cuatro. Le platicaste de tu vida, de tu papá, de tu mamá. Rafael es homosexual. Él se obsesionó un tiempo con encontrar a mi papá, pero nunca se supo nada de él desde que éramos niños. Es como si a ese hombre se lo hubiera tragado la tierra. A veces piensas que si estuviera muerto lo sabrías. De alguna manera hubieran contactado a sus familiares. O quizá está en una fosa común. Alguna vez escuchaste que los cuerpos de los anfiteatros son personas que nunca reconocieron y entonces. Le está dando un servicio a la ciencia. O quizá en la playa, destapando cervezas para los turistas con la piel carcomida por el sol. Pero esa idea cada vez es más difícil de sostener. Ya es demasiado viejo para vivir como hippie en la playa. Debe estar muerto. Le deseas la desdicha.

Hablaron poco de Gerardo. Y fueron luego a su casa. Y luego la madrugada. Y luego más vino. Y luego. Eso. Lo que no se puede nombrar.

Sigues en Avenida Reforma, con todo ese alcohol, con los faros al rojo vivo de los coches y las jardineras a tu izquierda, ya has pasado la Palmera, Cuauhtémoc, el Ángel, la Diana. Con todas esas luces que tiene la calle más importante de la ciudad, ahora te parecen más una exposición de fotografía que una película. Una noche errática. No recuerdas con claridad. Te embriagaste demasiado rápido. Antes aguantabas más. Faltaste a la misa de primer mes. Cambiaste el ritual por meter los dedos en la boca de Catalina y reír. Ya hasta la madre los dos. Y tomaste su brazo.

Y en su casa, cuando te sentaste en la sala. Yo pensé que los hombres como tú eran diferentes. ¿Diferentes cómo? Más sexuales, no sé, ni siquiera te atreves a tocarme.

¿Por qué Catalina se manejaría con ese desenfado? Para ti es imposible comportarte con esa ligereza, con esas piernas tan delgadas, con esos pasos que no hacen ruido porque ella camina sólo con los metatarsos, con esa capacidad de. Sin ver el teléfono, sin estar pendiente de algo más que tú, de servirte un vino sin que se lo hayas pedido. ¿Por qué aceptaste ir a su casa? Y no ser libre de quedarte, por dios, Hugo. Desde hace tantos años tendrías que dar una explicación para dormir en otro lado. Como si a Lorena le importara que no llegues a dormir a estas alturas del partido.

Cuando Gerardo nos contó de ustedes, no pongas esa

cara, Hugo, no nos contó nada malo, contó de su familia en alguna reunión entre compañeros, como lo haría cualquier persona. Era obvio que la historia para la clase de Storytelling era algo de familia. ¿Por qué era tan obvio?, preguntaste. Pues Gerardo no tenía muchas experiencias personales, en la vida, pues, y con una familia tan retorcida, las ideas iban a salir de allí. ¿Retorcida? Te quedaste callado y soltaste el vaso con vino que te ofreció Catalina en la estancia, donde sólo había un sillón y unos lienzos en el piso, apilados. Edmundo es pintor. ¿Tu novio? No, sólo vivimos juntos, cada uno en su cuarto, somos roomies. Te dieron ganas de preguntarle si se acostaba con él, pero. ¿Y por qué hay tantos cascarones de huevo? Pinta al temple. Miraste esos cuadros que semejaban galaxias de colores amarillos. Te parecieron repetitivos. Y entonces ella te contó todo eso del temple y de las técnicas de pintura. Y a ti te pareció estar cien años atrás. O en la casa de tu verdadero abuelo, no Ginebro, sino tu abuelo biológico. Sin pantallas, sin computadoras. Con cuadros. Calculas que el edificio ha de ser de los años treinta o cuarenta. Con mosaicos verdes en las paredes, techos altos y pisos de madera. Aunque esta madera ya está a punto de romperse. Pudrirse.

No tienes nada que opinar sobre pintura. No tenemos que hablar de cosas aburridas, advirtió Catalina. Te llevó a su cuarto. Te dio un beso en la boca, te acostaste en el colchón como un muerto. Mejor no hablemos de nada y déjame sentir tu cuerpo. Y empezó a tocar suavemente hasta que metió su mano por dentro de la playera verde de Gerardo. El colchón en el piso. El librero a la mitad de la habitación, lleno de libros y con algunos adornos. El escritorio con una computadora blanca, vieja, que quizá no se había prendido en años, con una ventana cuadrangular sobre la que sólo veía la pared del edificio contiguo. Catalina te dijo que ahí había un nido de palomas, que ella las veía todas las mañanas. Las palomas son las ratas de los aires, decía tu mamá. Una ventana sin cortinas por la que nadie podría ver cómo escupió saliva sobre su mano y comenzó a masajear tu glande con su palma abierta. El colchón en el piso, tú en el colchón y ella de rodillas frente a ti, en calzones y con la blusa negra puesta, tomaste una de las cobijas desplegadas en esa cama sin hacer en varios días y tapaste tu cara, oliste el polvo de esa cobija, tomaste tu mano y la metiste sobre la blusa negra para tocar los pezones que imaginaste casi negros y grandes, como sus ojos. Turgencia. Ella quiso quitarse la blusa y le dijiste no, y todo esto pasó hasta que su mano se llenó de ti. Rápido. Sin resistencia. Pensaste que quizá deberías dar algo a cambio de ese orgasmo silencioso. Sólo habías estado con dos mujeres en tu vida. A una parte de ti le gustaría contar que tuvo miles de experiencias de sexo. Oral, anal, casual pero. Esta era la primera con una desconocida, a los casi 60 años. ¿A qué hora?

Santa María la Ribera está cerca de Polanco si no hay tráfico en Reforma. En unas pocas horas las banquetas se llenarán de oficinistas y las cafeterías venderán litros de café hasta llenar los basureros públicos de vasos desechables. Pero a esta hora se puede pisar el acelerador hasta 180 kilómetros por hora.

Después de otro trago de tequila te cuento todo lo que quieras saber de Gerardo en la escuela de cine. Sí, por eso fuiste a su casa, ahora puedes recordarlo. Sí. Pero no hablaron de él al principio. Empezaron con trivialidades sobre el pintor, el temple y luego. Su cuarto. El semen. Y luego. Prendió una vela de color negro con flores blancas que de inmediato desprendió un olor a vainilla. Y luego. ¿Crees que Gerardo era alguien sobresaliente? Yo pienso que era normal, un chico normal, tenía sus cosas buenas y sus cosas malas, como todos. La muerte de alguien normal es peor. ¿Pensaste o dijiste en fuerte? No es el enfermo que puede descansar en paz, no es el viejo o el sicario. Es sólo la muerte de un eslabón que a la sociedad no le hace falta.

¿Puedo preguntarte algo personal? Como respuesta le plantaste un beso artificial en la mejilla, fue a lo más que llegaste, y ella se encimó en ti, y su nariz casi pegada a la tuya. ¿Qué es lo que estás buscando con esto de seguir los pasos de Gerardo? Hasta ahora no habías pensado que se tratara de seguir sus pasos. No tengo ni la más remota idea de dónde estuvo la noche que murió. ¿Y? Sólo quiero saber qué hizo antes, con quién estuvo, qué quería de la vida. Le contestaste a Catalina que no, que no tuviste suerte con Nadia porque ella asegura por todos los cielos que no estuvo con Gerardo. Y Lorena, mi esposa, asegura por todos los cielos que sí estuvo con ella. Así que imagínate, una palabra contra la otra. Por lo demás, no sabes con qué amigos podrías hablar. Sólo me queda la gente del cine. Y ella expresó con demasiada entereza sus dudas sobre esa variable de la ecuación. Pero voy a ayudarte con otra pregunta, si me lo permites. Y se quitó de tu cuerpo y se tumbó al lado, ambos viendo la lámpara china que colgaba del techo.

Supongamos, y sólo digo supongamos, que yo tuviera esa respuesta, en este momento te hago una narración detallada sobre cada uno de los minutos que pasó Gerardo antes de subirse al auto, imaginemos que incluso tengo una cámara y podemos ver qué pasó en ese coche segundos antes del choque. ¿Cómo cambiaría las cosas que yo te contara eso? Ya estás como mi esposa. La traición tiene muchas caras, Catalina. Muchas caras. Lorena te traicionó, no vas a perdonarle que no te dijera que Gerardo había dejado la universidad. Pues para mí sí cambiaría muchas cosas. Cambiaría muchas cosas. Sabría cuáles fueron sus últimas palabras, cómo se sentía y si en algún momento se dio cuenta de que iba a morir. Eso te interesa, saber si de alguna manera estaba preparado. ¿Cómo iba a estar preparado un niño para morir? Gerardo no era un niño, y pues quién sabe, en una de esas lo estaba, subestimas a alguien porque tenía 21 años, lo llamas niño, ¿que acaso una persona de esa edad no toma sus propias decisiones?

Sí, tomar las propias decisiones sin la anuencia de los padres, eso suena utópico. Pero la vida no es así. No en estos tiempos. Los jóvenes viven a costillas de sus padres hasta muy grandes. Eso pensabas y discutías en las reuniones dominicales con los Bautista. En épocas pasadas uno tenía que mantenerse y trabajar, ahora los jóvenes no quieren esforzarse en nada. Ahora eso te importa un bledo. Que hagan lo que se les dé la gana. Mantendrías a Gerardo toda su vida si fuera necesario. Tú habías decidido casarte con Lorena ya a los 21, habías decidido ser abogado porque es una chamba que da lana segura. Y luego. Qué.

Era un niño. No creo que fuera un niño. Tú no sabes nada. Y cuando dijiste esas palabras supiste que la noche terminaría ahí. Es verdad, no sé nada, Hugo, pero quizá lo que estás buscando es a alguien que no existía hace mucho tiempo. Te paraste, subiste tus pantalones. Tengo que regresar a casa. Ella aseguró que sería mejor que te fueras a la mañana siguiente porque habías bebido mucho y eso te molestó aún más. Y entonces ella aseguró que siempre que se pierde algo, se gana otra cosa. Así funciona la naturaleza. Y habló de la ganancia. Antes de que te fueras. Te dijo que deberías pensar qué ganas con todo esto. Qué ganas con la muerte de Gerardo.

Son muchas cosas juntas que esa mujer que tenías enfrente era incapaz de entender. Como todas las mujeres de tu vida. Hubieras querido decirle: puedo aceptar que Gerardo no me dijera que se salió de la universidad, odio aún más a mi esposa por ocultarlo, pero puedo aceptarlo. Puedo aceptar incluso que, como cualquier joven de su edad, se drogara, tomara alcohol, quisiera experimentar, fuera lo que fuera, carajo, si yo tampoco nací ayer, a pesar de que no te toco, sé las cosas que pasan por la mente de un hombre. Lo que no me cuadra en toda esta historia es el dinero. ¿El dinero es lo que te importa de toda esta historia? Lo que no me cuadra es que Gerardo se gastara el dinero. Es como si me hubiera robado, ¿sabes? Bueno, Hugo, ese dinero era para él, te respondió. Para la universidad, no para él, es distinto. Yo jamás le hubiera dado ese dinero porque sí. Y cuando dices eso te duele el pecho y te largaste.

No fui tan mal padre como crees. Te hubiera gustado decirle eso también a Catalina. A todos. Pudo decírmelo, pudo decírmelo todo. Pudo decir, ey papá, odio mi vida, quiero cambiar todo. Yo lo hubiera apoyado. Yo fui el primero que quiso cambiarlo todo. ¿Por qué mentirme? A lo mejor tú le habías mentido a él otras veces, Hugo. No es lo mismo.

***

Se lo dijiste mil veces a tu hermano Rafael, que saber dónde había estado tu papá no cambiaba las cosas. Saber no significa nada. Estaciónate ahí, sí, dobla a la derecha y estaciónate, recarga el asiento hasta atrás, para que no te vean al volante. No puedes manejar así. Ni siquiera tomaste Periférico Sur, sino Reforma hacia Las Lomas, hacia el otro lado de donde está tu casa. Te sientes mareado, podrías vomitar. Necesitas dormir. No tiene mucha complicación, papá, fue una tontería manejar tan rápido, tú sabes que yo era muy responsable, pero estaba ahí, el segundo piso del periférico estaba vacío, todo fluía, yo tenía sequedad en mi boca y un poco de cosquilleo en la cara, como tú ahora, pero veía bien, yo me cuidaba siempre, papá, tú lo sabes, fue la canción de Radiohead en el coche a todo volumen, y entonces sentí toda esa oscuridad. "And in your life, there comes the darkness". ¿Te acuerdas que en algún momento te hablé de por qué me gustaba ese grupo? Te enseñé el disco que sacaron el año pasado cuando me pediste que bajara el volumen. No, nunca te enseñé eso y sin embargo. Alguna vez te pasó que conoces la verdad del mundo, te das cuenta de que el mundo se mueve, los colores son más, entiendes cosas, y si regresas, nunca lo verás de nuevo. El otro lado ya no es suficiente, papá. Hay algo de ese lado que es pura mentira. Y no me refiero a la superficialidad esa de que todos vivimos como en un carnaval, llenos de máscaras, me refiero a lo petrificado, lo pétreo del mundo cuando es de día. Y entonces todo se vuelve muy absurdo. Siento no darme a entender, papá, mis palabras y mi cabeza no se corresponden en este momento. Pero tienes que creerme. Algo dentro de mí me decía: tú crees que si acelero acabamos con todo. Qué se sentirá estar en esa línea. Uno se da cuenta de que todo ha terminado. Te das cuenta a la hora que vas a morir.

Sí, hijo, qué se sentirá estar en esa línea, te entiendo. Es que es muy difícil pasar la vida en ese traje azul marino con corbata en el cogote todas las semanas de tu existencia. ¿Qué vamos a hacer? Renunciar al fluir del mundo. Sí, vamos a renunciar al fluir del mundo para sobrepasar los 21 años, los lapsus de juventud y seguir con lo que se debe.

¿Por qué te fuiste papá? Aquí estoy, yo no me fui, yo me quedé por ti. Papá, ¿eres tú? Lo hiciste bien, Hugo, me siento orgulloso de ti. Hiciste bien en quedarte con tu familia, estuvo bien que no fueras como yo, que no te fueras con esa mujer F. No fui muy feliz, papá. Yo tampoco, Hugo, perdóname, yo no sabía cómo. Ginebro, él no era. La verdad. Quise suicidarme, pero no tuve los huevos para eso. No tuve los huevos que sí tuvo Gerardo, acelerar bien fuerte para acabar con todo. Gerardo no se suicidó, papá. Acelerar está bien. Perdóname, Hugo, perdóname por haberme ido cuando estabas tan chamaco. ¿Sabes lo que implicaba cumplir las expectativas de alguien como Ginebro? Pero con esas expectativas ibas a tener nietos, papá, hubieras conocido a Gerardo. Muchas veces pensé, qué hubiera pasado si. De quedarte, ¿hubiera sido siempre pobre en la Unidad Independencia? Quizá las cosas hubieran sido muy diferentes para mí. En una de esas me hiciste un favor. A tu entierro, Genaro, íbamos a ir un montón de personas, pero te fuiste con tu cuerpo entero, y años después acabamos en el entierro de tu propio nieto.

***

Cuando te despertó el policía diciéndote que era zona de parquímetros y que si no pagabas te iban a poner la araña, no sabías si habías soñado con tu papá o con Gerardo, o con los dos. Tu pie pisaba hasta el fondo el acelerador. Te estacionaste en Prado Norte para no arriesgar. Le pediste una disculpa y te encaminaste hacia la casa. En tu celular no había ninguna llamada perdida, ni más mensajes que uno de Rafael. Llámame si necesitabas cualquier cosa. No recuerdas haberle mandado a Lorena un mensaje afirmando haber estado con tu socio bebiendo, pero ahí está, marcado como leído.

Al llegar, viste un post-it en la cocina: voy a salir con

Andrea. Te metiste a la regadera pensando en ese acelerador. Pensando en lo responsable que fuiste al estacionarte y no manejar borracho. Y pensaste que esa responsabilidad estuvo mal dado que Gerardo había muerto en condiciones similares, quizá después de una noche similar.

El fluir del mundo. Tenías la boca muy seca, pero el agua te daba repulsión, entonces tomaste casi un litro de jugo de naranja y te fuiste al sillón de tu estudio, como tardabas en dormir, te fuiste al cuarto de Gerardo, cerraste la puerta con llave. Despertaste casi a las ocho de la noche. Unas seis o siete horas. Después. En la cocina tomaste un paquete de queso manchego en rebanadas y engulliste tres al mismo tiempo. Subiste las escaleras y notaste el ruido del noticiero nocturno. Cuando te vio, antes de si quiera saludarte, Lorena te dijo con una voz muy ecuánime que quería hablar contigo. Como si no la hubieras escuchado, le preguntaste si creía en la posibilidad de que Gerardo se hubiera suicidado. Cerró los ojos y puso su puño izquierdo sobre su boca.

Basta, Hugo, no puedo más con esto, de verdad. No puedo más con tus teorías, no puedo más con tus sandeces. Nadia, la Escuela de Formación Cinematográfica, la Iberoamericana, el banco, el dinero. ¿Hasta dónde vas a llegar?

De la puerta de tu vestidor sale tu cuñada Andrea en pijama. Lorena llora por primera vez desde que Gerardo murió. Cuando le preguntas qué hace en tu casa, Andrea atina a responder que ha decidido acompañar a su hermana. No fuiste a la misa de mes y no quería dejarla sola. Muy bien, pueden quedarse con tu cuarto y con tu vida. Mientras bajas las escaleras, Andrea te grita que no hay duda de que Gerardo estuvo con Nadia la noche en que murió. Para que dejes de buscar, Hugo. Grita.

Regresas a tu recámara y desde el marco de la puerta cuestionas cómo puede estar tan segura. Andrea saca su celular y te muestra el Instagram de Nadia. He estado investigando yo también, no creas que eres el único que amaba a Gerardo, la noche del 23 de abril, esta niñita estaba en un antro drogándose.

La luz del celular que Andrea pone en tu cara te deslumbra y volteas hacia el piso. La foto en la que sale con unas amigas en un bar no prueba nada. Si acaso prueba que no estuvo con Gerardo. Fui a la Ibero y pregunté, querido cuñado. Odias que Andrea también haya ido a la universidad a investigar. Nadia estuvo llegando borracha a las clases antes del incidente y después, hasta que dejó de ir. Sus compañeros dejaron de salir con ella porque nunca pagaba las cuentas. Además, tenía una enorme deuda con la universidad. ¿Te preguntas qué hacía Gerardo con todo el dinero que le dabas? Pues pagarle la renta y hasta el supermercado y quién sabe qué más. Gerardo sacaba el dinero en efectivo y se lo daba.

Es absurdo, no es posible que en la universidad le hubiesen dado toda esa información a Andrea. Tengo mis maneras, Hugo. Ustedes dos no saben nada, si la conocieran un milímetro. Tú sabes que Nadia ni siquiera tiene la inteligencia para manipular a un hombre, es una insegura, no puede ni expresar bien una frase. Ay por favor, Hugo,

Lorena te interrumpe. El que no tiene la inteligencia para ver la realidad eres tú. ¿Crees que sabes cómo es Nadia porque la viste una vez en tu vida? La gente miente, carajo. No seas tan ingenuo. Y entonces Andrea empieza a reclamarte como si fuera la vocera de tu esposa. ¿Crees que a nosotros nos sorprendiste mucho con tus canitas al aire? Mensajeaste a Lorena diciendo que habías estado con tu socio y nosotros lo vimos en la misa. Es obvio que estabas con tu amante de toda la vida. Lo único que hubieras querido es que F estuviera contigo toda la vida, pero ellas no tienen idea a lo que renunciaste.

Las palabras de Andrea te hieren más que todos los reclamos de Lorena. Ella era la más interesada en que ustedes se divorciaran, desde esa primera vez que lo intentaron y sacó tus cosas al garaje. Te dieron ganas de sacarla a patadas.

De acuerdo, Andrea, has dado en el blanco, te felicito, mis respetos por tus elucidaciones. Volteas a ver a Lorena. ¿Te parece que Gerardo era inteligente? ¿Qué tiene que ver eso? No te estoy hablando a ti, le estoy preguntando a Lorena. Gerardo era inteligente sí o no. Sí, Gerardo era muy inteligente. Brillante, el más brillante de todos. ¿A dónde quieres llegar? ¿Cómo podría alguien tan brillante dejarse manipular por alguien como Nadia? ¿No eras tú misma la que la llamabas niñita pendeja?

Además de las fotos de fiesta con vasos en mano que Andrea te muestra en el Instagram de Nadia, se detiene en una foto que está con la lengua afuera con un polvo azul. Ves esto en su lengua, se llama MDMA. Ella es una adicta, y cuando alguien incita a otro a las drogas, pueden pasar muchas cosas, querido cuñado.

Incitar a las drogas, desde cuando Gerardo era un idiota. Cualquier joven de su edad hubiera probado las drogas alguna vez. ¿Por qué quieren tratarlo como si fuera un pusilánime manipulado?

***

Tu pene duro. ¿Cómo serás capaz de algo así? Sudarás y notarás que aún te queda mucha fuerza en tus brazos para tus 59 años. Más. Le bajarás los pantalones. Resistencia no pondrá. Ninguna. ¿Gemirá? En sus ojos sin lágrimas. Ni te abrazará, ni enroscará sus piernas entre tu espalda. Un muerto. El sillón de vinipiel fungirá como el lienzo sobre el que se agita el pelo de Nadia mientras la penetras. Mi hijo estuvo aquí y quiero saber por qué, lo exijo. Habla. Dónde está todo el dinero que te daba. Medio borracha, medio dormida estará. Quizá por todas las mierdas que se mete. Este es un buen lugar para morir. Oh, Hugo, qué habrás hecho. Penetrándola. Todo muy húmedo y caliente. Estará.

Estará llena de sangre. Tu verga. Dura y gruesa. La vena gruesa. Arma de tortura que vas a usar para que esta pendeja aprenda a no meterse con los hijos de nadie. Lo mataste. Dime la verdad. Dime la verdad, Nadia. Dime la verdad. Dime la verdad. ¿Por qué dejaste que Gerardo se fuera borracho y drogado esa maldita noche? ¿Por qué le aceptabas el dinero? Te moverás. Una. Otra. Vez. Rápido. Fuerte. Másrápido. Másrápido. Nadia. Dime. Nada. Másrápido. Nada hará. Volteará la cara a un lado y pondrás tu mano en su cuello. Hasta que eyacules. No dirá nada. No se moverá. A un muerto. Penetrarás. Tomarás su cara y la obligarás a que te mire mientras estás adentro. Mírame. Dime. La. Verdad. ¿Dónde estaban? ¿De dónde venían? Eyacularás adentro, justo cuando quieres que te diga que no quiere, que no puede más, que no es verdad, que ella nada. Cuando estés escupiéndole en la cara, se volteará. Pero nada, todo silencio. En el sillón de vinipiel beige quedará una mancha de sangre. Tu pene manchado de Nadia.

***

Si el autobús estuviera recién lavado, luciría un color blanco con una franja azul petróleo a la mitad y un letrero con dirección a la Ciudad de México. Las llantas brillarían y los rines reflejarían en intenso sol de la costa oaxaqueña a las 12 del día. Pero son las diez de la noche. No hay sol ni alumbrado público. Son los focos colgados en los portones de las casas los que alumbran la calle de terracería en la que estás parado. El autobús ostenta una gruesa capa de tierra y un letrero "última parada Huatulco". Lo que sea es bueno en este momento. Desde las ventanas puedes distinguir la silueta de algunos pasajeros que se abanican con un papel, con su propia mano. Con su propia mano se quitan el sudor del cuello. El chofer fuma un cigarrillo a un costado de esa chatarra. Quieres correr más rápido porque temes que se vaya a ir sin ti. No sabes cuánto falta para que se termine ese cigarro. Su pie está recargado en el primer escalón de la puerta de entrada. Y qué harás en Mazunte otra noche. El chofer, con una playera deslavada roja con un letrero de Coca-Cola a la altura de su pecho, tira la colilla y la aplasta con su chancla. Se mete al camión y cierra la puerta. Tocas con bastante fuerza, te mira y se voltea, arranca y el olor a gasolina se hace implacable. Vuelves a tocar.

Necesito ir a Huatulco. ¿Su boleto? Tengo dinero. No, pues, necesita boleto. ¿Dónde lo compro? En Puerto Ángel o en Huatulco. Entonces lo compro cuando lleguemos allá. Es ridículo que tengas que comprar un boleto en el lugar de destino del autobús, pero el chofer insiste. No se puede, joven. Se tiene que subir con boleto. Tengo dinero, le puedo pagar el doble de lo que cuesta el boleto. Mire, joven, no es por mala onda, si fuera por mí, pues adelante, pero es la política de la empresa, no quiero perder mi chamba.

El chofer te cierra la puerta, pones tu pie para impedirlo y sueltas un por favor. Yo tengo un boleto extra, dice una mujer vestida de blanco completo que a pesar de la hora porta unos lentes oscuros rectangulares con armazón delgado. Pues ya la hizo joven. El chofer abre la puerta y te deja pasar. Cuando entras, todas las personas se te quedan mirando. Eres la causa de su atraso, alguien perderá un amor por esos minutos. Porque unos minutos hacen toda la diferencia. Te lo juro, mi amor, estaré ahí a las once de la noche en punto en la casa. Y no va a llegar ese amor, el otro amor le dirá que está harta de las promesas. Sin cumplir. Muchísimas gracias.

Caminas por el pasillo, los pocos lugares que no llevan pasajero están ocupados por bultos con comida, maletas y hasta una caja con cuatro cachorritos de perro. Unas filas más adelante, detectas un lugar desocupado y al llegar, miras a una pequeña niña durmiendo en las piernas de lo que parece su abuelita.

Puedes sentarte aquí, dice la mujer que te ha regalado el

boleto y que te pasa su bolsa multicolores tejida de algodón para que la coloques en los compartimentos superiores. Ella no se mueve, así que tienes que saltarla para sentarte en el lugar junto a la ventanilla. Me gustaría pagarte el boleto. No es necesario, si te sirve de consuelo, no lo pagué yo. Y tampoco creas que es una millonada y me va a cambiar la vida.

Miras a la ventana, el autobús ha empezado a subir la cuesta que los llevará a la carretera federal con mucho esfuerzo. Si llega a 20 kilómetros por hora, será bastante decir. Tu compañera de viaje abre una bolsa de papas Sabritas y te ofrece. Niegas con la cabeza y haces un gesto de agradecimiento con la palma de tu mano. Son una mierda, lo sé, pero cuando lleguemos a Huatulco no habrá nada abierto y yo me muero de hambre. Esto es lo único que había en la tienda, y panes Bimbo. Comí bastante bien, te lo agradezco. La bolsa de papas se termina y tu compañera la envuelve con su puño.

¿Vives en Mazunte? No, soy de la Ciudad, vine de

vacaciones con mi pareja, y ahora voy de regreso sin mi pareja. ¿Y qué hace una persona como tú en Mazunte?, te pregunta. Supongo que tampoco vives aquí. No sabes bien a qué se refiere con una persona como tú, a lo mejor alguien que no es de la costa puede distinguirse sin esfuerzo. Le explicas que tu hermano está refugiado en Zipolite. ¿Lo persigue la ley? Después de esta pregunta se ríe. Lo persiguen sus responsabilidades. Si yo supiera que es porque quiere hacer algo aquí, no me preocuparía tanto, pero créeme que lo conozco, está huyendo de sí mismo. Vine a pedirle que se regrese y se ponga a trabajar, pasó tres años buscando el paradero de nuestro padre, sin una sola noticia que valiera la pena. Básicamente vine a decirle que ya no puedo darle más dinero. No le dijiste a esa desconocida que tenías demasiadas deudas, y mantener a una persona más te era imposible. ¿Lo ha entendido? Las cosas salieron bien. Rafael va a regresar a México. ¿Y por qué la urgencia de ir a Huatulco entonces? Me quedé dormido en Mermejita, había contratado un taxi para que me llevara al aeropuerto, mi vuelo salió hace como dos horas. ¿Fuiste a ver el atardecer? Me quedé dormido antes, cuando me levanté estaba todo oscuro, el taxista se había ido. Nadie en la calle, hasta que vi el camión, supongo que tuve suerte. Tuviste todo lo contrario a la suerte. Tú tenías un boleto de sobra, yo a eso le llamo suerte. No me refiero a eso, te perdiste del atardecer más hermoso de tu vida, ¿viste a la ballena con su ballenato saltando? Quizá un día regrese, te consolaste. Y así fue. En ese momento era imposible saber que un día regresarías con esa misma mujer que te regaló este boleto y que has considerado hasta ahora la mujer de tu vida con la que no pudiste estar.

Regresaste con F a Mazunte justo cuando empezó el año 2000. Lorena había hecho un viaje con Andrea que por esas épocas se recuperaba de una depresión causada por la soledad insostenible y tenías algunos días para ti. Y viste no uno, sino cinco atardeceres sin ballenas. Y regresaste a Mazunte con ella porque en ese camión, le insististe en que querías agradecerle su amabilidad como dios manda. Y le pediste su teléfono. Y la invitaste a un restaurante francés la siguiente semana, al que regresarían varias veces. Y ella llegó la primera vez al restaurante con una camisa color menta, con escote en V que te dieron ganas de desabrochar al instante para pasar ese umbral que te dijo que pasarías en cuanto te acostaras con ella y que pasaste tantas veces como pudiste.

***

Después de que Andrea te enseñara esas fotos, saliste y te encerraste de nuevo en el cuarto de Gerardo. Tomaste tu celular y te quedaste mirando fijo la fecha del miércoles 24 de mayo de 2017. Llamaste a Nadia para ver si la podías ver. ¿En este momento?, preguntó. En otro momento de tu vida, de forma educada, hubieras hecho una cita apropiada, pues ya es tarde para ir hasta Interlomas, pero soltaste un sí automático, nuevo para ti, sin disculpas ni explicaciones, al que ella respondió con un está bien. Lorena y Andrea habían bajado a la cocina. De tu clóset, un pantalón de mezclilla y una camisa recién planchada de cuadros azules. Como las otras diez que tenías. Nada más. Te quedaste petrificado frente a tu armario. Algunos pantalones. Nada rojo. Todo igual. Camisas de manga larga. Todas. Pantalones de colores gris, negro, azul marino, beige. Monocromo estandarizado. Nada que saliera del lugar. La primera vez que usaste verde desde hace mucho tiempo, muchísimo, fue la playera de Gerardo que te pusiste ayer para la cita con Catalina.

Miraste una chamarra de piel muy suave, negra, que compraras y que usaras sólo una vez porque jamás encontraste la ocasión para sentirte a gusto con algo de ese material. Fue un capricho del que te arrepentiste porque no se debe gastar dinero en algo que no se va a usar. La descolgaste junto con la primera camisa de cuadros azules. Una de en medio. Daba igual. Y pensar que había días en los que elegir tu atuendo te parecía difícil, porque creías que la oferta de tu clóset era variada. Infinita.

Saliste de tu habitación y te internaste en el baño de Gerardo. Abriste la llave del agua caliente y te percataste de que tardaba mucho más en calentar que en el baño que compartieras tantos años con Lorena. Con tu mano. Tanteaste la temperatura y antes de entrar, viste el reflejo de tu cuerpo moreno, la pequeña barriga que con los años se te hizo imposible quitar, tus pelos en el pecho. El espejo que. Poco a poco comenzó a empañarse y desintegró la claridad de tu imagen. Borroso.

Después de un mes, el champú que usara Gerardo se agotó. Preferiste ponerte unos jeans y escogiste otra playera de Gerardo. Antes de salir, tomaste tu cartera, la computadora de Gerardo (en la que habías estado viendo películas todas las noches) y la chamarra de piel. Bajaste las escaleras y subiste la cremallera de la chamarra para que no vieran la playera. Lorena y Andrea preparaban algo en una cacerola de acero inoxidable, quizá pasta. Por costumbre saliste por la puerta de la cocina, aunque pensaste que debiste hacerlo por la entrada principal, llena de hojas y descuido, siempre reservada para las visitas que rara vez venían a casa. Pensaste que te preguntarían a dónde vas. Siguieron con su cacerola como si no existieras. Sin una palabra, tomaste las llaves de tu coche y saliste para Interlomas.

Cargaste gasolina porque el tanque estaba casi vacío. Te estacionaste en uno de los lugares para visitantes a la entrada del edificio. Y subiste el elevador pensando, qué hago, qué hago, qué hago aquí. Necesito la verdad. Cuando Nadia abrió la puerta, el departamento parecía la derrota de una fiesta. Menos sus pies, con unas botas cafés de tacón, los pantalones de mezclilla redoblados, pegados a esas caderas y también una chamarra de piel. ¿Acabas de llegar? Nadia estaba ebria, había estado con una amiga, pero llevaba un rato en la casa, al menos eso dijo. Estaba escuchando música sola.

Se tomó el pelo y miró hacia el piso. Aceptaste su ofrecimiento sobre un trago. Te sentaste en el sillón de vinipiel beige en lo que ella traía tu vodka tonic de la cocina. Le pediste que mejor te trajera el vodka solo y lo bebiste de un trago. En verdad esto de buscar había sido una farsa y todo estaba en las ganas que tenías de. De estar allí entre las cosas de Gerardo. En ese momento dejó de importarte el dinero. Querías saber cómo era ella. En el coche habías pensado en qué pretextos traerías a la mesa para justificar buscarla repentinamente. Pero Nadia no preguntó. Era como si. Todo esto fuera. Natural.

Te acercaste y le preguntaste si Gerardo. Ella te interrumpió con un no que callaste poniendo tus labios sobre los de ella. Para saber. A qué sabían los labios de. Gerardo. Y si bien no se quitó, tampoco respondió el beso. Tomaste su cara y ordenaste. Abre la boca. Y la abrió. Y le metiste la lengua y entonces ella la movió un poco. Y te encimaste en el cuerpo que tanto despreciabas y tomaste con tu mano el pecho grande hasta aplastarlo, hasta que ella esbozó un ay. Y le preguntaste si Gerardo le había hecho eso. Y no respondió. Desabrochaste tu pantalón, luego el de ella, Lo bajaste y no puso ninguna resistencia. Una enorme furia se apoderó de ti.

***

Nadia se quedó acostada en el sillón con los pantalones abajo cuando saliste de su casa. Una de la madrugada del jueves 25 de mayo de 2017, eso marca la pantalla de tu coche. Nadia, con ese cuerpo callado. Tú, rojo. Con ese rojo. Con esa sangre. Ella con esa falta de voluntad. Tú y él. El el semen que dejaste ahí sin tener una razón para. Y luego todas estas vueltas por la ciudad que te han costado medio tanque de acelerar y frenar con desquicio durante una hora y media. ¿Qué hiciste?

Regresas a tu casa. No sabes por qué le hiciste eso a N. Las calles del Pedregal están vacías, abres la puerta automática de tu garaje y te encuentras con todas las luces de la casa prendidas. Y en la puerta, bolsas negras de basura apiladas. Como aquella vez. Como aquella vez cuando te sacaron las cosas por infiel. Piensas que te están corriendo de la casa de nuevo y por la misma razón, como si supieran todo lo que está pasando. En la puerta, las bolsas en las que cabe toda tu vida. Lorena es el panóptico y tiene que saber que N. Tiene que saber que C. Como supo de F. Como supo las cosas de G.

Subes las escaleras corriendo, abres tu clóset y miras todo tal y como. Entonces percibes ruidos provenientes del cuarto de. Lo están matando, lo están desapareciendo. En la entrada del cuarto de G miras una caja de cartón con cuadernos y papeles. Tomas la caja y bajas lo más rápido que puedes las escaleras. La cajuela. Dos clics en el llavero. Abres. Son sus cosas. Tus cosas. Una a una las bolsas adentro. Van siete. En cuántas bolsas cabe la vida de. Ropa, zapatos, sábanas. Descubres al lado una caja plástica como las que usa Lorena para guardar el juego de copas de 14 personas. La metes también. No sabes qué habrá en esa caja pesada. Cierras con seguro. Doble clic en el llavero que muestra el ícono de un candadito cerrado.

Corre, Hugo, tienes que correr. Pensar rápido. Tomas el repuesto de las llaves de tu auto del percherito que está al lado de la puerta de la cocina y lo guardas en la bolsa de tu pantalón. Corre.

Vuelves al cuarto y observas a Lorena metiendo en otra caja plástica los trofeos de Taekwondo. Andrea los limpia sentada en la cama y se los pasa a Lorena. Te mira. Fijo. Sin articular. Una sílaba. Revisas los cajones vacíos. Ellas no te explican nada y siguen con su tarea, como si fueran empleadas con las que no puedes hablar porque no hablan el mismo idioma. Tomas el portarretratos con la foto del viaje a Turquía y lo guardas en esa misma caja. Andrea por fin vocifera que te calmes. Aléjala con tu cuerpo. Lorena sale, y mientras estás guardando la colección de cintas de una repisa, regresa con el teléfono en al mano. Rafael quiere hablar contigo. Tomas el teléfono. Sí, estoy bien, respondes. Te llamo en un momento.

Te tranquiliza que esté en Valle de Bravo, y aunque le dices que no es necesario que venga, sabes que debes apurarte. Dejas el celular en la cama que. Por todos lados debe haber más cosas de Gerardo, pero no hay tiempo para.

Abres de nuevo el coche, Andrea y Lorena los. Persiguen. Como la cajuela está completamente llena, colocas la caja con trofeos y las cintas en el asiento trasero.

Hugo, qué estás haciendo. Hugo, qué está pasando. A dónde vas. Es muy tarde. Por qué te pones así. Hugo, vamos a llamar a la policía.

Arrancas y la práctica que tienes en salir de esa puerta en reversa hace que aceleres con más fuerza de lo que se supone que debe hacerse al atravesar un portón. Y al tiempo que la puerta eléctrica se cierra, la ves por el espejo retrovisor. Diminuta. Con un foco dándole en la cabeza. Consumida. Lorena en su pijama de niña. Con la grandilocuencia de la arquitectura de Ginebro Torres Maya como halo de su pequeñez.

***

Gracias al Bluetooth llamas a Catalina con tus dos manos aprisionando el volante con mucha fuerza y los ojos llenos de lágrimas. Eres consciente de la tensión que sufren tus omóplatos. Una, dos, tres veces. Vamos. No contesta, van a dar las cuatro. Vamos, por favor. Contesta. Después de tus disculpas, de decirle que se lo ruegas. Prometes no molestar al pintor. Sí, está bien, aquí te espero.

Una vez en el Periférico, a la altura de San Jerónimo, subes al segundo piso y observas que en sentido contrario está el lugar exacto donde los peritos afirmaron encontrar el coche, el cuerpo de. Abres la ventana. Agarras el control automático de la puerta eléctrica de tu casa y lo tiras por la borda.

Llamada de Rafael Torres Maya, anuncia la pantalla central de tu coche y miras tu celular vibrando en el portavasos. El velocímetro marca más de cien. Tomas el teléfono y lo arrojas a la calle. 120. Sientes los flashes de los radares de velocidad y sabes que esas multas llegarán a tu casa con la hora exacta en la que pasaste por ahí. 140. Y sabes que nunca vas a pagarlas. 160. Freno.

Llegas a Viaducto y te das cuenta de que necesitas pensar cómo llegar a casa de Catalina sin GPS y sin la posibilidad de hablarle para que te dé instrucciones. Del quiosco morisco o más fácil porque la calle Pino da a Insurgentes.

***

¿Cómo que no puso ninguna resistencia? No hizo nada. Nada. La violé. Le hice. La forcé. Yo. Le. Catalina toma tu mano derecha. Tienes que calmarte, por favor, tienes que calmarte. Se sienta en uno de los bancos del pintor y tú en el sillón donde dormirás esta noche. Todos tenemos secretos, Hugo, cosas de las que sentirnos miserables, cosas que nos atormentan, cosas por las que nos sentimos una verdadera mierda. Desde que murió Gerardo, tu ecuanimidad masculina ha cesado. Has llorado hasta reventar tus ojos. Gritar. Manejar borracho. El muerto que llevas dentro tiene un silencio que no se puede callar.

Te ofrece un trago y te quedas mirando de nuevo esa

galaxia amarilla del pintor con el que vive Catalina. Dijo que quizá un té te vendría mejor, pero fue a la cocina a servirte un vino. Mencionó un arroz con pulpo que había cocinado esa tarde. Y te trajo un plato. Querida F, hoy recordé el arroz con mariscos que nos tomamos aquella vez en Puerto Ángel. Querida F. Querida F. Ese recuerdo no significa nada. Nada. Querida F, ni siquiera me importa dónde puedas estar.

Cómo se había sentido Lorena tras tu partida, quién era o dónde estaría de ahora en adelante. Si su dolor hacía ruido o no. No querías soportarla, ni un minuto más. Si la desesperación le robaría algo de paz. Acaso asumiría que llegarías a la mañana siguiente con otra derrota, como la vez que le perdiste perdón de tu relación con F, rogándole que siguieran siendo familia. Si prefiriese no volverlos a ver. A ti, a él. Ninguna de las cosas que te decía Rafael tenían sentido. Todo eso del renacimiento, de los sentimientos a baja escala. De la supuesta tranquilidad que da el expresar cómo te sientes. Empezar por agradecer la vida de Gerardo no era la solución, no era la solución a nada. No existía ese recomienzo ya.

Gracias por hospedarme esta noche, Catalina. ¿No tendrás problemas con tu esposa como la otra noche? No contestas, entonces ella no pregunta nada más y en cambio. ¿Qué piensas hacer, Hugo? No voy a quedarme mucho tiempo, no te preocupes. No te estoy corriendo. No tengo que dormir en la cama, no vine a tener sexo contigo, pero no tengo ningún lugar a dónde ir. No me importa que duermas en la cama conmigo, replicó. Sólo quiero saber qué vas a hacer. ¿Crees que la violé? ¿Estás aquí porque te sientes culpable? No lo sé. No sé por qué estoy aquí, estoy cansado de pensar. Te recargas en el descansabrazo del sillón de Catalina. Huele a. Polvo corriendo a 180 kilómetros por hora. Entre sueños, le preguntas. ¿Quieres venir conmigo a Mazunte? Podemos partir mañana.

***

En lo que cargas gasolina, Catalina te dice que quizá sería buena idea pernoctar en Puerto Escondido. Le dices que aún tienes fuerza para manejar con ese sol. Mienten. Has manejado unas siete horas seguidas, en esa carretera caliente y supuestamente insegura que a ti te parece el mismo paraíso desde. Eso ya no importa. Ya no es el paraíso. Es difícil que alguien te busque allí.

La calle principal de Pinotepa Nacional es un conglomerado de tiendas de ropa interior, maniquíes de unicel con grandes tetas que modelan pantalones pegadísimos y blusas a la altura del ombligo de colores estridentes y uno que otro traje de baño para mujer rosa o amarillo fosforescente. Sombreros de paja y letreros también fosforescentes que dicen Cocos fríos a 20 pesos. La oaxaqueña en chanclas y pantalones cortos de algodón verde con blusón blanco machetea dos cocos verdaderamente helados y coloca un popote azul en cada uno. Pones el coco entre las piernas. Catalina lo agarra y lo pone a la altura de tu boca para que sorbas un poco de agua.

Se orillan para sacar dinero en efectivo de una sucursal de banco antes de salir de Pinotepa a la carretera federal. Cuando se suben de nuevo al coche, Catalina pregunta si tu familia sabe a dónde vas. Y no es que le importe, en verdad, pero si están huyendo, le preocupa que rastreen los movimientos bancarios, tal y cómo le contaste que hiciste con. Contigo mismo. Entonces le confirmas que le has escrito un mail a tu hermano diciéndole que estarás fuera unos días, que prefieres que no te busquen y que por favor le avise a Lorena. Estarás bien. Nada de qué preocuparse porque él te ha entendido, como alguna vez lo entendiste a él y viniste a buscarlo a estas costas.

¿Y qué vas a hacer? Buscar un lugar donde pasar la noche. No me refiero en este momento, ¿qué vas a hacer una vez que terminemos el viaje? No tienes ni la menor idea. ¿En dónde crees que le hubiera gustado vivir a Gerardo? Catalina duda un momento. Te pregunta si puede bajarle un poco al aire acondicionado y contesta que ella cree que Gerardo preferiría Nueva York porque no es como que quisiera hacer cine de Hollywood. Aunque también es un cliché y probablemente viviendo en la colonia Roma hubiera sido el cineasta perfecto. O más aún en la Santa María, porque le gustó cuando conoció su casa. Pero hay cosas que nunca sabremos. ¿Y debemos conformarnos con que nunca las sabremos? Podrías empezar por reconocer que una persona no tiene una vida, sino muchas vidas, predica Catalina, muy a la manera que ya empiezas a conocer. Como si tuviera un doctorado en el carpe diem, en el sólo se vive una vez y esas cosas que resuenan de forma azucarada en tu cabeza. Y, en verdad, hay cosas que nunca sabremos. Lo que no se puede cambiar, debe aceptarse y punto, si no, es un gasto, más que un gasto, un desperdicio de energía, teorías fáciles. La vida no es como en las películas. Y concluye con esa frase hecha. Con orgullo.

Nada se resuelve al final, la vida simplemente sigue, tal y como la dejaste. Catalina, la ropa de Gerardo que traes puesta y Pinotepa Nacional siguen. F ha de seguir por algún lugar del mundo. Lorena seguirá. Siguen y no se acercan ni un milímetro a tu despacho, a tus noches solitarias de borrachera, a tu infancia en el departamento de Unidad Independencia, al abandono de tu papá, a los golpes que te dio la última vez, a la facultad de derecho, a las pláticas con Rafael, al escaso sexo con Lorena, los viajes en familia a Acapulco, a los torneos de Taekwondo, a los, a las.

Eso de Nueva York, ¿te lo dijo o lo imaginas? Le gustaba caminar por la Roma, decía que era lo más parecido a Nueva York en la ciudad.

Cuando tenían 14 años, viajaron por primera vez a Nueva

York, se hospedaron en el New York Palace a sugerencia de Lorena que deseaba tener la Catedral de San Patricio, el mercadillo navideño de Bryant Park y la pista de hielo de Rockefeller Center a sus pies. Con el enorme árbol de Navidad que reconocieron por haberlo visto en alguna película. Y se tomaron una foto que no tienes idea dónde está. Y recuerdas la impresión que tuvieron al ver las luces de Times Square en la noche. Todos esos edificios viniéndose encima de ustedes, unos de otros, con anuncios, letreros de neón y las carteleras de teatro alrededor, las ambulancias, los bomberos, los miles de turistas con sus enormes abrigos que esperaban una nevada en cualquier momento. Nieve que nunca llegó, y que finalmente Gerardo nunca miró en su vida.

Entonces Nueva York y la nieve. La nieve suena a ficción con este clima de humedad implacable, hace un calor infernal. Podría inscribirme a un curso de cine, ¿crees que me acepten en la escuela a la que vas? ¿Quieres convertirte en Gerardo? Catalina ríe tras la pregunta.

***

Hace tanto tiempo que tus piernas no ven el sol. Han adquirido un color verdoso. Las uñas de tus pies amarillas y fracturadas y de tus brazos cuelga un pellejo que te parece tan feo como la propia palabra. Antes no estaba ese pellejo, ni el. Sol. El aire libre. Deja todo al descubierto.

Hace dieciséis años que estas olas truenan para ti con toda la fuerza de Poseidón, aunque solo fuera en tu memoria. Mazunte ha dejado de ser ese lugar en el que se puede desaparecer, el pueblo se ha hecho grande y hay demasiadas personas, demasiados turistas, demasiado del mundo que has dejado de entender.

Hoy, a punto de que se termine el mes de mayo de 2017,

el cielo tiene demasiadas nubes como para ver el atardecer. En mayo no hay ballenas en playa Mermejita, sino un calor irrespirable. Poca brisa. Tienes que hacer un esfuerzo por recordar a F. Descanse en paz. Su imagen se ha borrado de tu mente. Descanse en paz. Por un momento piensas en Nadia. Te prometiste que, si volvías a Mazunte, lo harías con F. Y ahí estabas, con otra casi desconocida que respondió con un sí escueto a tu propuesta a este viaje. En otro tiempo te hubiera dado curiosidad saber por qué, por qué decir sí sin vacilar. Pero ahora nada de esas razones iban a cambiar las cosas. Estar con ella es mucho mejor que estar solo. Saber no implica. Nada. Y la promesa de que tú pagarías todo te pareció suficiente. ¿Siempre involucras el dinero en tus conversaciones? En todo caso, qué tenía de malo aprovechar, tener la libertad de decir sí. Por qué hay que decir no.

***

Entre las bolsas con las pertenencias de Gerardo encontraste unas playeras y un traje de baño rojo que, aunque te aprieta un poco, cederá en unos cuantos días. Por desgracia, los zapatos te quedan bastante grandes, así que los intercambiaste por unas chanclas al dueño de la tienda central del pueblo.

Hacía una semana, cuando llegaron a Mazunte, sentiste una total traición a tus recuerdos. Te convenciste de que era la primera vez que lo veías y le inventaste a Catalina que simplemente pensabas que era un lugar en el que no te encontrarías con nadie, pero que jamás habías pisado. En la primera tienda abierta que encontraron, una farmacia, para ser más precisos, les aseguraron que don Davis, un gringo que había acondicionado unas cabañas para turistas, tendría lugar así de improviso. Todo lo demás se rentaba por Airbnb.

La habitación se resumía en una cama tamaño King, un baño con cero privacidades por el que Catalina podría escuchar cada gota de orina que expulsaras en la noche, y una terraza con una mini cocina cuya vista daba por un lado a un monte entre verde y café con el que se calentaba la luz poniente, y por otro, la pequeña playa Rinconcito por la que golpeaban unas olas bastante tímidas comparadas con Mermejita. Tu lugar favorito en este. En ese mundo pasado, cuando no eras. Él.

Catalina había ido al pueblo a comprar unas cervezas, repelente para mosquitos y agua oxigenada para decolorar los vellos de sus brazos. Ella sí conocía el lugar, había ido con sus amigos varios años atrás. Según sus propias palabras, ya no se podía estar tan libre. Ahora todos usaban traje de baño y a ella le gustaba la desnudez. Porque la desnudez es la libertad. Un par de días atrás, unos padres de familia le habían dicho que apagara su cigarrillo de marihuana porque el olor desconcertaba a los niños y eso la indignó sobremanera. Tenía un carácter muy fuerte. No sabes si sabía cómo llorar. Cuando regresó, un perro tipo pastor alemán la persiguió casi hasta la puerta. Tenía una plaquita con el nombre Coronel sin teléfono al cual referirlo. Era un perro de esos que saben moverse solos y ella quería adoptarlo, pero el perro desapareció a la mañana siguiente. No puedes domesticar lo indomesticable, dijo.

En la terraza, de cuya pared cuelga un arreglo de flores artificiales, una cama individual pegada a la pared hace las veces de sillón. Te acuestas y con tu vista puesta en el techo, te detienes en la caza de una cuija a una palomilla de alas grises que ya se había movido un par de veces antes de ser derrocada. Animales nocturnos. Apostaste a que ganaría el animal semitransparente, por grande y paciente, y viste como tardó unos segundos en engullir el último pedacito de antena. Sabías que tus piernas estaban siendo consumidas por mosquitos, así que te enrollaste en una toalla con un letrero de San Diego, California.

Catalina te preguntó si estabas bien y destapó un par de cervezas. Se sentó junto a ti, pero con un espacio suficiente como para colocar un pequeño paquetito de papel aluminio entre ustedes. Antes de que pudieras contestar qué es eso y sentir las burbujas de la cerveza en tu garganta, Catalina dijo que, si te querías convertir en Gerardo, deberías abrir ese paquete.

Una mini bolsita contenía un cartoncillo dividido en cuatro con un hombre andando en bicicleta. Tu ignorancia te impidió adivinar que se trataba de ácido. Y tardaste también en entender que no se trataba sólo de un ofrecimiento, sino de toda la vida que no viviste explicada en una gota. Con palabras y frases metálicas. Flechas.

***

Quizá en algo nos parecemos tú y yo. Todas las cosas se nos ocurren y suceden demasiado tarde. No tienes idea por qué te está diciendo eso Catalina. Duele. Continúa. Creemos que adelante habrá algo mejor, pero no es verdad. Una deja muchas cosas en el camino y el arrepentimiento aparece como verdugo. Yo no tengo una historia satisfactoria ni por asomo, no somos tan diferentes como crees, Hugo. He desperdiciado demasiado tiempo pensando que tengo un talento inexistente, que algún día podré finalmente escribir una película que valga la pena. No tengo buenas ideas ni imaginación. En todo el tiempo que duró el diplomado en el centro de cine, jamás pude concluir ninguna de las historias que planteé. Eran demasiado pesadas y densas y filosóficas, infinitas, y frías, con personajes aburridos que adoran los discursos sobre cómo debe ser la realidad. En cambio, Gerardo, una bomba inocente sacando conflictos que los demás despreciábamos, y al final, sólo sus ideas funcionaban para el cine. Pero sabes, Hugo, siempre llega el momento de no retorno en el que esa inocencia se irá. Sé que estoy dañada, como tú, un veneno llegó alguna vez y no hay nada capaz de purificarlo. Aprendemos a vivir con el ácido entre los dientes y nos creemos mejores que los otros porque tenemos la piel muy gruesa como para sufrir de verdad. En algún momento de mi historia personal perdí eso que Gerardo tuvo, por pensar demasiado en teorías que hicieron de mí un ser pétreo. Atraviesas un puente peligroso cuando afirmas que leer a tal o cual es lo que te hace mejor. Gerardo estaba por cruzar ese puente tras todos los libros que me pidió y todas las películas que vio. O quizá es más simple y se dio cuenta de la imposibilidad. Sé que no puedes entenderlo, pero

Gerardo empezaba, no sé, al final, ni siquiera tuvo tiempo de fracasar. Una vez hizo una historia de viajes en el tiempo, y uno diría, qué pendejada, cuántas pinches historias como esas hay, pero la idea de su historia se basaba en la premisa de viajar en el tiempo para conocer la vida de las personas que están a nuestro alrededor y de las que no sabemos nada. Como capa invisible. Todos tenemos nuestras facetas, nadie es una sola persona, explicó en su sinopsis. La historia en sí estaba buenísima, el personaje descubría un montón de cosas sobre su propia madre, la vieja estaba bien loca y hacía que sus amantes caminaran desnudos en el cuarto de su hijo cuando él se iba a la escuela y los obligaba a que se pusieran la ropa del chamaquito.

Gerardo. Lo que no sabremos de los otros. En una de esas, la historia de Lorena es la que merecería ser contada. Tú no das para tanto. No sabes nada de Lorena tampoco, pero no usarías la máquina para su vida.

No lo recuerdo bien en la primera clase, supongo que

se sentó hasta atrás y no dijo una sola palabra. Un chico muy tímido. Él me contó que nunca olvidaría la imagen de mi pelo chino levantando la mano a cada dos por tres para hablar de las películas a las que se estaba refiriendo el profesor, pensó que yo lo había visto todo y que lo sabía todo solo porque tengo más de treinta años.

Piensas si acaso el profesor habrá mencionado en esa clase *El caballo de Turín*.

Gerardo a veces se enojaba conmigo porque decía que no lo escuchaba, que no lo entendía, que no podía comunicarse con nadie. Llegó a gritarme, "no me escuchas, Catalina, nadie me escucha". Entonces nos sentábamos y le decía habla, habla despacio, qué quieres decir, y ya no decía nada, repetía dos veces, está bien y volvía a su libreta donde escribía ideas para la siguiente historia. Después de esa primera clase, apuntó cada una de las películas, como cinco. ¿Cuáles? Quieres saber. Catalina es muy poco específica. Las había visto para la segunda sesión de la clase, eso impresionó mucho a todos y me parece que se puso feliz, no sé, quería ser uno de nosotros, un sabelotodo. Pasaba muchas noches viendo una o dos películas. Su obsesión, lo sabes tú que también has visto películas como loco en los últimos días. Como él.

Fue muy evidente para mí ver que Gerardo mentía sobre las colonias a las que había ido en la ciudad, yo creo que ni siquiera había tomado el metro. Mentía sobre las experiencias de su vida, incluso sexuales. No sé si alguien le creyó alguna vez, yo no, pero si te digo la verdad, Hugo, había algo en esas mentiras que me enloquecía y enternecía al mismo tiempo, un niño que deseaba inventarse otra historia porque puede. La historia de no tengo privilegios le parecía más tentadora. Yo había perdido eso cuando me obsesioné con la verdad como lo periodistas. Gerardo mintió sobre la escuela a la que había asistido, mintió sobre la colonia en la que vivía, es raro, porque la gente casi siempre miente hacia tener más, ser más rico, pero él quería ser alguien menos fresa, no sé. Tenía vergüenza de su pasado, o más que de su pasado, de su ser, qué sé yo, ni siquiera sé si era vergüenza. Mira, Hugo, no te quiero lastimar, pero ¿para eso me has traído aquí?, ¿no? Quieres saber todo de Gerardo. Si no lo sabes, lo sospechas. Y si no lo sospechas, todas tus intuiciones se asoman hacia el lugar correcto. Es obvio que quieres saber. Y yo voy a contártelo.

Desconoces si es verdad que alguien te ha quitado la voz o si alguna vez podrás pronunciar un sonido. Piensas que probablemente Gerardo tenía razón en sentir vergüenza porque había algo claramente mal construido tras la fachada de Ginebro Torres Maya a la que tú y él y Lorena llamaban hogar. Los hilos de tu propio ser descocido se enredan en tu boca. La defensa de una estructura que hace mucho. Caducó sin darte cuenta. Tú. Hombre. También has perdido eso que te hace sentir el más mínimo coraje. Estás muy dañado. Él. Veneno llegó y hace mucho tiempo te quema las uñas. Empiezas a entender a Lorena y. Hay cosas que no se pueden llorar. ¿Quién es esa persona que engendraste? Será que le damos demasiada importancia al ADN, al estoy orgulloso de ti. Estás callado mirando hacia el monte seco que rodea la pequeña playa de Mazunte, escuchas el mar, los insectos y las cuijas. Quieres que siga, pero. No puedes preguntarle, así que le haces un gesto con la mano para que continúe.

No creo que fuera algo personal, Hugo, no creo que todo eso de mentir sobre sí mismo fuera necesariamente por ti. En una de esas quería morir. Eso no. ¿A qué se referirá con que ella y tú llegan a todos lados tarde?

Las cosas entre Gerardo y yo comenzaron cuando hice una propuesta sobre una película en la que tenía la intención de abordar la indiferencia ante la pobreza y la desigualdad. La profesora además de afirmar que la filosofía se la dejásemos a los filósofos, sentenció que mi historia había sido escrita, utilizó la palabra anacrónico, y mencionó que a mí solo me quedaba modernizar a la burguesía, de lo contrario, no le veía futuro. Gerardo se acercó al final de la clase y me dio un papel, "la profesora no conoce a mi familia, creo que llegamos tarde a la modernización de la burguesía, me gusta tu historia, debes escribirla", se quedó parado esperando a que lo leyera y ambos nos reímos. Ofreció ayudar con la historia, podemos usar a mi abuelo Pablo como tu personaje principal y volvimos a reír. Lo invité a un concierto la siguiente semana, cerca del centro de cine había un bar en el que a veces tocaban jazz, le propuse que habláramos de sus historias familiares para conocer a la burguesía. El siguiente jueves salimos de clase y me explicó que tendría que llegar a casa temprano, pero que le latía la onda del bar por esta vez. Vernos de noche era complicado para él, por sus papás, pero algunos días podía volarse las clases de la universidad que al fin y al cabo le importaban una mierda y sólo lo hacía porque su papá había hecho muchos esfuerzos para que él estudiara. Al principio me visitaba una vez a la semana, pero poco a poco comenzó a ir diario. No voy a volver a las clases nunca más, tienes razón, Catalina, esas instituciones solo sirven para sacar dinero y hacernos ciudadanos obedientes. Creo que después de eso dejó la universidad.

Gerardo había encontrado la casa de Catalina para esconderse todos los días de Lorena y de ti. Y el Taekwondo, te dan ganas de cuestionar a Catalina, no lo sabe todo, es como si esa parte de su vida no existiera para ella. No la menciona. No la sabe.

A veces Gerardo caminaba por la Santa María unas dos horas, como un turista voyeur, comenzó a comprar el súper para cooperar con los gastos de la casa, se ofreció a pagar la luz, el internet y el gas porque pasaba allí la mayor parte de su día. Trabajábamos juntos las cosas de la escuela, platicaba mucho con mi roomie, hablaba sobre sus cuadros, sobre las galaxias y mandalas que pintaba al temple. Aprendió mucho de pintura y a veces le hacía de su asistente, sobre todo cuando tenían que tomar las fotos para el book. Leía los libros de filosofía y las novelas que yo tenía en mi cuarto y dormía porque pasaba la noche en vela con las películas.

Entonces era cierto. El atleta de Taekwondo pasaba los días en casa de un pintor y una fracasada escritora de guiones. En ese departamento que olía a polvo y marihuana pegada en las paredes. Desde la primera vez que fuiste, te pareció que sería el último lugar en el que querrías vivir, pero volviste, como él, como si un imán llamara a los Torres Maya a dejarle la vida a esta mujer que ha aprendido a trivializarlo todo. Sintiéndose artista en su departamento roído en el edificio art decó, probablemente de los cuarenta, con mosaicos verdes, lámparas chinas rojas y ropa colgada en el balcón esperando a secarse. ¿Quién hace mejor el amor de los dos?, quisieras preguntarle. O deberías decir coger. Nada sale de tu mente. Todo está ahí, hirviendo como verduras en las agrias sopas de tu madre. Quizá los ojos te estallarán y parecerán gelatina mal cuajada. ¿Por qué Gerardo escondería una relación con ella? No es raro ver mujeres mayores con hombres jóvenes en estos días. Es verdad que los dos tenían que modernizar a la burguesía porque de quienes se estaban escondiendo no tienen nada que ver con lo que ellos pensaban. Hubieras admirado a Gerardo por hacer su santa voluntad, y Lorena, quizá hubiera salido del incestuoso clóset de su hermana Andrea de una vez por todas.

Catalina se rasca la mejilla, suspira como si te fuera a decir algo con plena concentración. Los misterios no son tan grandes como los pensamos, la vida tiende a ser más simple, yo pienso que Gerardo solo quiso resguardar un espacio de libertad que nunca en su vida tuvo, o al menos que nunca sintió que tuvo. No los estoy juzgando a ustedes como familia, pero claramente él se sentía así, y yo empecé a adorarlo, su compañía tierna, su fidelidad ante nuestra vida escondida, nada me hacía sentir mejor que esos días viéndolo dormir en mi cama. No, no te confundas, no creo en las historias de amor, lo último que he querido para mi es meterme en los problemas de lidiar con una familia que va a odiarme por amar a un hombre once años más joven como si estuviera abusando de un menor de edad, porque soy morena, no tengo dinero y mi aliento huele a veces a cebolla cruda. ¿Qué esas cosas ya no pasan? ¿Qué estás haciendo aquí y por qué no les dices a toda tu familia dónde estás si no te importa lo que digan?

Lo recuerdo muy bien, fue la primera y última vez que Gerardo tomó ácido, lo he puesto aquí, entre los dos, por si quieres probar lo que Gerardo vivió al final, sospecho que quizá esos son tus planes. Llegamos a mi casa después de un evento en el Centro Cultural España, la única noche que dormiríamos juntos porque ustedes estaban en una boda o algo así. Habíamos reído tanto por un meme de José José, y se animó a tomar el ácido al que se había estado reservando cuando estuviera preparado para encontrar su verdad. Por esa tontería de José José y unos pésimos músicos que tocaron esa noche, sentimos que toda la alegría del mundo estaba disponible para nosotros. Gerardo lucía radiante, yo no sabía que iba a morir a las pocas horas, pero como si su alma lo hubiera adivinado, atinó a decirme, "que bien se siente la libertad".

Catalina se calla. Dile que no pare, oblígala a que diga todo todo antes de estrangularla. Catalina. Cómo pudo Gerardo entregarle los últimos momentos de su existencia. Vas a matarla en silencio. Catalina no quiere dar detalles sobre el sexo. Imaginas que él puso la lengua sobre el clítoris que tú mismo has tocado con tus dedos peludos. Y la lengua que ha movido con ritmo homogéneo tu pene hasta venirse, lo succionó a él también. No te atreves ni siquiera a mencionar las partes del cuerpo de Gerardo. Su cuerpo no existe ni existió cuando estaba vivo. Imaginas que el sexo que tuviste ayer con Catalina es el mismo que tuvo Gerardo la última noche, pero revolucionado a mil por hora. Tocas el paquete de ácido que Catalina ha puesto entre los dos. Quizá si lo tomas puedas volver a hablar o tal vez te selle de una vez por todas esas ganas de decirle que la historia no tiene nada de emocionante, que seguro hubiera sido una faceta de Gerardo y la olvidaría en un dos por tres. Tuvo suerte de que no la tirara a la basura cuando quisiera asentar su vida para recibir la herencia del don Pablo Bautista. Te duele hasta la médula. ¿Hasta cuándo tendrás que llorar?

Que bien se siente la libertad. Podrías seguir cada uno de sus pasos, pedirle que te escriba cada una de las palabras que Gerardo dijo antes de morir y repetirlas y que eso sea lo único que respondas cuando cualquier desconocido te pregunte cómo estás. Quieres construir la máquina del tiempo para conocer la vida real de la única persona que. La vida que debería importarte. No es tu problema. Esa vida privada que querrás arrancar de un cuerpo muerto, un corazón extirpado en un sacrificio humano que aún late por inercia. Latidos que sientes mientras tu mano se llena de sangre en fermentación.

Gerardo tuvo un orgasmo lento y espacioso lleno de lágrimas mientras miraba el movimiento de una lámpara verde, no sabes si lo dijo Catalina o lo imaginas. Durmió como unos cuarenta minutos, despertó con una angustia que lo hizo ir varias veces al baño. Tenía miedo de que lo cacharan, ¿me entiendes?, de que las muchachas del servicio lo acusaran de no haber dormido en casa, ¿qué les voy a decir a mis papás?, me preguntó varias veces. Cualquier cosa Gerardo, lo más que van a hacer es castigarte un fin de semana de no salir, duerme y mañana te vas a primera hora. Daba tantas vueltas en la cama. Le dije que el ácido no saca nada que no llevemos dentro, que en verdad debía trabajar esa angustia que sentía respecto a no cumplir con las órdenes de sus padres, con sus expectativas, qué sé yo. Me dio un beso y susurró que debía marcharse. Es lo mejor, quiero dormir en casa, regreso el lunes. ¿Por qué manejaría tan rápido? No tengo ni la menor idea, si pudiera hacer algo para detenerlo, para rogarle que se quedara conmigo esa noche, te juro que.

¿Y el alcohol? ¿Y qué hora era cuando se fue? Tocas con tus dedos tu reloj de pulsera. Catalina te da la hora y le dices no con las dos manos, vuelves a tocar el reloj y de alguna manera entiende lo que quieras preguntarle. Ah, esa noche, no sé, quizá la una, un poco antes. Tomas tu celular y abres la aplicación de notas porque no puedes hablar. Escribes. Los forenses afirmaron que Gerardo tenía mucho alcohol en la sangre, además de LSD. Nosotros no tomamos alcohol, Hugo, pero esos güeyes siempre mienten, contesta Catalina. Escribes. Los peritos determinaron que el choque fue a las cuatro de la mañana más o menos, los sensores de velocidad del Segundo Piso tomaron una foto del coche a 180 kilómetros por hora un minuto antes del accidente.

A dónde se fue Gerardo esas últimas horas y cómo y con quién se alcoholizó. Catalina no tiene la menor idea, e incluso parece sorprendida. Si alguien más. Si Nadia. Si solo él. En una de esas conversó con un cantinero que le hizo de psicólogo al estilo de las películas de Hollywood. O se estacionó en una esquina y se chutó toda una botella de vodka para cantar canciones de soledad, como tú.

Imaginas a Gerardo platicando con el pintor. Vislumbras la vida que no. La voz de Catalina se pierde con la música de fondo que le has puesto a la escena. Gerardo ríe, es su vida perfecta, la vida sin ti. Quieres convertirte en su máquina del tiempo. Vivir todas las cosas que nunca. Fueron. Tomar a Catalina y estrangularla por haberlo dejado ir. No eres

Lorena. Sabes llorar. No vienes del mundo raro. En cambio. Toda la vida cabe en tus sollozos. La mano de Catalina toca tu espalda. Quisieras que un actor interpretara esta parte de la historia. Sientes que alguien empieza a interpretarte. Ya no eres tú. ¿Cómo será? ¿Quién habrá hecho el casting? El director dirá que los hombres no lloran de esa forma. Pero las mujeres no saben llorar en esta película, tendrás que aclarar varias veces. No sabes por qué. Las cosas son así. Quizá solo Nadia, pero Lorena, y Catalina. No. Saben llorar. Parecen tener un contacto más cercano con lo que no se puede cambiar. Te dirán que eres demasiado mayor para el papel del chico de 21 años. Pero lo harás, es el que te corresponde, el escrito para ti de ahora en adelante.

***

Entienden que su último llanto, esa noche, es sólo una continuación del que han tenido el último mes. Del de esa vida. En su otra vida. Mantuvieron una relación de más de un año con Catalina. Hicieron el amor. Se drogaron. Bebieron. Que bien se siente la libertad, ¿verdad?, dijeron esa vez, cuando reían, esa noche que se comieron el ácido por primera vez y miraban las luces infinitas de la Ciudad de México. Se los cuenta todo de nuevo y agradeces los recuerdos de. Ustedes. Que bien se siente la libertad.

Después de que murieron, Catalina los recibió en su casa porque creía que se los debía tras haberlos dejado morir la madrugada del 24 de abril. Ella fue la primera y la única mujer en su otra vida, se lo dijeron a Catalina antes de morir. Catalina confiesa que los amó. Amor. Nunca quiso hacerles daño. Se sintió una mierda cuando murieron. Dice que los ama todavía. Dice que pueden quedarse con ella para siempre.

Se voltean y colocan sus manos en el cuello de C. Nunca han ahorcado a nadie. No saben. Cómo. Aprietan. Fuerte. Ella no puede defenderse. En la otra vida de cualquiera de los dos, hubieran. Llorado. Pero. Ya no. Eso. Ya. Oprimen el cuello. Más. C intenta quitar las manos, pero la fuerza de ustedes es infinita porque ya ninguno es uno sino dos en uno. Ahora. Parece que se da cuenta y deja de resistirse y entonces. Quizá sabe que no serán. Serán. Capaces de. Matar. Matarse a sí. No lo serán. Hoy. Quizá. Mañana. En cambio. Colocan su cabeza en su pecho casi libre de ropa. Sienten los huesos del esternón de C y su piel sudada en choque con su oreja. Ella los abraza y rasca con suavidad su espalda. Tose. Les gusta ese tacto. Y deciden que ese. Ese es un buen lugar para morir. Mañana.

Lo solucionarán.

www.ingramcontent.com/pod-product-compliance
Lightning Source LLC
Chambersburg PA
CBHW030537030726
47495CB00004B/1029